Ernst Modersohn

Wie es geschah – so steht es da

Kurzgeschichten von
Ernst Modersohn

VLM
Verlag der
Liebenzeller Mission
Lahr

ISBN 3-88002-491-X

2. Auflage 1992
TELOS-Taschenbuch Nr. 70690

im Verlag der St.-Johannis-Druckerei, Lahr-Dinglingen
Umschlagfoto und -gestaltung: Graf. Atelier Arnold,
Dettingen/Erms
Satz: Knipp Satz und Bild digital, Dortmund
Herstellung: St.-Johannis-Druckerei, C. Schweickhardt,
Lahr-Dinglingen
Printed in Germany 11149/1992

Inhalt

Vorwort

Beim Lesen dieser Erlebnisse von Ernst Modersohn – die er zu kurzen Geschichten machte und es so gut verstand, dabei die alltäglichsten Dinge auf unser Leben im Glauben anzuwenden – wurde mir deutlich, warum es 1990 und 1991 in Rezensionen über Neuauflagen von Modersohn-Büchern heißt: »Es ist gut, daß die Stimme von Ernst Modersohn neu gehört wird« – oder: »Die Stimme von Ernst Modersohn darf in unserer heutigen Zeit nicht verstummen.«

Spannend ist hier zu lesen, wie der Leuchtturm dem Schiff auf dem tosenden Meer den richtigen Weg weist, oder das Gebet von Kindern einen Mord verhindert, wie der große Magnet Kraft hat, Eisensplitter aus dem verletzten Auge zu ziehen, oder eine Predigt – gegen alle Regeln der Homiletik – nur mit aneinandergereihten Geschichten zur Rettung und Heil eines Menschen beiträgt.

Auf so leicht nachzuvollziehende Weise wird dem Leser biblische Weisheit und Erkenntnis in erzählter Form geboten, wird seelsorgerliche Hilfe gegeben, ja Rat, den man bereit ist, aus diesen bunten Lebenserfahrungen anzunehmen als geistlicher Impuls.

Ich schicke dieses Büchlein mit neu zusammengetragenen Kurzgeschichten von Ernst Modersohn – leicht überarbeitet – auf den Weg in der Gewißheit, daß es dem Menschen, der nach der Wirkung des christlichen Glaubens fragt, ebenso aber auch dem, der im Glauben steht, einen wirkungsvollen Dienst leisten wird.

Bad Blankenburg/Thür., Frühjahr 1992
Gerda Zottmaier

Ein Abend in Stachelheim

Lieber Freund!
Du wirst Dich wundern, wenn Du hier unsere Gespräche wiederfindest, die wir neulich, als ich bei Dir war, miteinander geführt haben.

Soweit ich mich darauf besinne, habe ich sie möglichst wörtlich niedergeschrieben, weil sie eine typische Bedeutung haben. Denn so wie Du denken viele Leute, auch viele Pfarrer, namentlich in Deiner Gegend. Ich möchte Dir so sehr gern einen Dienst leisten. Wenn Du unser Gespräch schwarz auf weiß siehst, dann bekommst Du – so hoffe ich zuversichtlich – einen heilsamen Schrecken vor Dir selbst. Und ich habe es auch für andere niedergeschrieben, um ihnen zur Klarheit über sich selbst zu verhelfen.

Deinen Namen und den Namen des Ortes habe ich verändert, so daß niemand Dich erkennen wird.

Ich bitte zu Gott, daß er Dir das Lesen dieser Blätter segnen möge. Es liegt mir soviel daran, daß Deine Seele und Deine Gemeinde auch gerettet werden. Ich bitte Dich, überzeugt zu sein, daß ich Dich sehr liebhabe, auch wenn ich Dir die Wahrheit vorhalte, die Dir bitter ist.
Mit herzlichem Gruß
Dein Freund E.M.

*

Irgendwo in Süddeutschland liegt das Dorf Stachelheim. Wenn man mit der Bahn vorbeifährt, sieht man einen winzigen Bahnhof, eine Reihe Bäume, einen schlanken Kirchturm und eine Anzahl roter Backsteinhäuser.

»Ein langweiliges Nest«, sagen die Reisenden, die mit ihrem Musterkoffer ihre zwei oder drei Kunden besuchen. Sie mögen recht haben von ihrem Standpunkt aus; aber mir ist Stachelheim sehr interessant geworden. Und vielleicht wird es auch dem Leser durch diese Zeilen interessant.

Der Pfarrer von Stachelheim ist mein guter alter Freund von der Universitätszeit her. Wir haben manchen abendlichen Spaziergang in den Humboldthain in Berlin und manche Entdeckungsreise zusammen gemacht.

Aber wie das so geht, das Leben bringt die Leute zusammen; es bringt sie auseinander. Meinen Freund Lang und mich hat das Leben auseinandergebracht. Einmal haben wir uns noch am Ende unserer Studentenzeit in Bonn wiedergesehen, dann nicht mehr.

Da bekomme ich unvermutet im vorigen Jahr eine Sendung aus Stachelheim. Mein Bild, nach einer alten Photographie aus der Studentenzeit vergrößert. Damit brachte sich mir mein alter Freund Lang in Erinnerung.

Ich schrieb ihm wieder und sagte ihm: »Ich bin aber nicht mehr derselbe wie damals. Sondern durch Gottes Gnade bin ich bekehrt worden. Wenn Du wissen willst, wer ich jetzt bin, dann lies meine Zeitschrift, die ich Dir gleichzeitig schicke. Darin hast Du meine jetzige Photographie.«

Darauf antwortete er: »Die Wochenblätter werde ich im nächsten Monat abonnieren, damit ich Dich noch genauer betrachten kann. Vorläufig bist Du für mich noch der alte. Kritik Deines Blattes folgt später. Ich bin seit einiger Zeit hier im Dienst und zu meiner eigenen Freude noch Junggeselle.«

Die angekündigte Kritik blieb zwar aus; wohl aber

kam dann und wann ein Lebenszeichen, so daß wir notdürftig voneinander wußten.

Als ich nun eines Tages eine Einladung zu einem Gemeinschaftsfest in Süddeutschland bekam, auf dem ich die Festpredigt halten sollte, da dachte ich: Bei der Gelegenheit kannst du Freund Lang in Stachelheim besuchen. Vielleicht, wenn Gott Gnade gibt, kannst du ihn davon überzeugen, daß er auch nicht »der alte« bleiben darf.

So meldete ich ihm denn meinen Besuch an und fragte zugleich, ob er an dem Abend meines Dortseins eine Versammlung veranstalten könnte, in der ich reden würde. Denn wenn ich auf der Reise bin, dann übernehme ich gerne noch einen weiteren Dienst. Er antwortete, daß er sich auf meinen Besuch sehr freue; aber eine Versammlung sei nicht möglich.

So kam ich in Stachelheim eines Montagnachmittags mit der Bahn an. Ich war der einzige Reisende, der den Zug verließ. Freund Lang war an der Bude, die den Bahnhof darstellte, erschienen, um mich abzuholen. Er bemächtigte sich nach herzlicher Begrüßung meiner Reisetasche, wofür er mir eine herrlich duftende Rose aus seinem Garten gab, dann wanderten wir ins Dorf hinein.

Es war ein trüber, grauer Nachmittag. Und eine fremde Gegend sieht nicht gut in solcher Regenstimmung aus. Aber das war nicht allein, was mich bedrückte. Ich merkte sehr bald, wie es um meinen Freund und seine Gemeinde stand. Die volle Schwere der Verantwortung für diese Stunden in Stachelheim fiel mir aufs Herz. Ich seufzte und bat den Herrn um seine Führung und daß er selbst mir das rechte Wort in jedem Augenblick und bei jeder Wendung des Gespräches geben möchte.

Wir tauschten auf dem Wege in großen Zügen unsere Lebensführungen einander aus. Während mein Leben in den zehn Jahren über sonnige Höhen des Glückes und durch tiefe Täler des Leides gegangen war, war er seit sechs Jahren auf diesem stillen Dörflein gewesen, hatte einen Tag wie den andern seine Arbeit getan und war so ziemlich unverändert geblieben. Nur etwas behäbiger war er geworden.

In dem großen, schönen Pfarrhaus hatte er sich zwei Stuben eingerichtet, in denen er nun mutterseelenallein hauste, ein Wohn- und Arbeitszimmer und eine Schlafstube.

Kaum saß ich in seiner Sofaecke, da trat er mit der Frage an mich heran: »Was darf ich dir nun anbieten? Wein? Bier?«

»Ich danke für alles! Du siehst, daß ich im Blauen Kreuz bin.«

»Ja, das hab ich schon aus deinem Blatt gelesen. Aber weißt du, ihr seid inkonsequent! Dann müßt ihr das Kaffeetrinken auch bekämpfen!«

»Gewiß, sobald du mir nachweist, daß der Kaffee eine Familie unglücklich gemacht und einen Menschen zu Grunde gerichtet hat, dann werden wir auch dem Kaffee den Krieg erklären. Aber im übrigen kannst du dich beruhigen: ich trinke auch keinen Bohnenkaffee; ich trinke nur Malz und fühle mich sehr wohl dabei.«

»Das läßt sich aber doch gar nicht durchführen, nichts zu trinken! Unsereiner muß doch auf Hochzeiten gehen, und wie sieht das denn aus, wenn man mit den Leuten nicht mal anstößt? Die nehmen es übel. Kommst du denn nicht in die Lage?«

»Freilich komme ich auch in die Lage. Und es ist mir eine große Versicherung gewesen, daß mein Weg der rechte sei: Kurz nachdem ich dem Blauen Kreuz beigetreten war, bin ich zweimal nacheinander von Hochzeiten zu Schwerkranken gerufen worden. Aus dem Hochzeitssaal zu Schwerkranken, und es war schon des Abends. Da war ich doch froh, daß ich mit völlig klarem Kopf diese Besuche machen konnte, und daß ich auch keinen Weindunst um mich verbreitete.«

»Ja, wenn ich das hier in Stachelheim täte, dann würde ich einfach ausgelacht und verspottet.«

»Das mag wohl sein! Aber darauf dürfen wir Prediger des Evangeliums doch kein Gewicht legen, ob wir mal ausgelacht werden. Das gehört ja notwendig zu unserem Amt und auch zur Jüngerschaft Jesu.«

»Das sagst du in deinem Blatt auch; aber ich bestreite das. Ich bestreite das entschieden. Die Leute sollen und dürfen nicht über uns lachen, sie sollen heiligen Respekt vor uns haben.«

»Ist denn kein Mensch in Stachelheim, der dich nicht leiden mag um deiner Verkündigung willen?«

»Es gibt wohl welche, die nicht zur Kirche kommen, weil ich so allerlei durchgefochten und eingeführt habe, aber lachen und spotten, das gibt es nicht!«

»Dann fehlt dir ja ein sehr wesentliches Stück des Christenlebens, wenn du von dem Spott der Welt nichts erfährst. Das hat der Herr aber doch allen seinen Jüngern in Aussicht gestellt: Ihr müßt gehaßt werden.«

»Aber das paßt doch heutzutage nicht mehr! Damals, da waren die Christen von Juden und Heiden umgeben, von denen sie zu leiden hatten. Aber heute leben wir in einem christlichen Staat. Wir sind alle gut kirchlich in Stachelheim, da gibt es so was nicht.«

»Das kommt mir sehr sonderbar vor; sonst richtet die entschiedene Verkündigung des Evangeliums in einer Gemeinde immer Unruhe an. Da gibt es dann Leute, die sich für Jesus und damit auch für den Pfarrer entscheiden, und die andern entscheiden sich gegen Jesus und gegen den Pfarrer. Es kommt mir nicht ganz geheuer vor, wenn in Stachelheim das ganz fehlt. Du hast doch hier auch Honoratioren! Diese Leute aber sind zumeist die größten Gegner des Evangeliums. Wie steht es denn damit?«

»O, mit denen stehe ich sehr gut. Dem Doktor sind wir ja vorhin begegnet. Ja, der Doktor! Der hat es mit dem Trinken arg zu tun gehabt. Er ist in allerlei Liederlichkeiten hineingekommen. Aber jetzt geht es besser; er hat sich vorgenommen, nicht mehr zu trinken.«

»Sieh, ein Mann im Kreise deiner Freunde, der ein Sklave des Trinkens war und ist. Denn das glaubst du wohl auch nicht, daß ihm sein Vorsatz, nicht mehr zu trinken, viel nützen wird?«

»Nein, das ist nur so lange, wie es dauert.«

»Schön, was meinst du nun, alter Freund, wenn du zu deinem Doktor gingest und sagtest zu ihm: Herr Doktor, Sie kennen Ihre Gefahr. Ich will mich mit Ihnen verpflichten: wir wollen *zusammen* das Trinken lassen. Würde das dem Mann nicht eine Stärkung sein und ihm eine gewisse Kraft geben, treu zu bleiben? – Und umgekehrt: Denk dir, du sitzest in deinem Gasthaus, oder wo es sein mag, bei dem Doktor, und der Doktor trinkt Wasser – und der Pfarrer trinkt Bier. Wenn er nachher durch dein Trinken wieder ans Trinken kommt, dann möchte ich deine Verantwortung vor Gott nicht auf mir haben.«

»Das hätte gar keinen Zweck, daß ich das dem Doktor sage und ihm vormache. Er würde es auf die Dauer doch nicht lassen. Der Vikar in Hundhausen hat auch ein Vierteljahr zum Blauen Kreuz gehört; er sagt, es sei Unsinn. Er hat nicht wieder unterschrieben.«

»Es würde sich doch in erster Linie darum handeln, ob du hier in der Gemeinde Leute hast, die diesem Laster fröhnen. Sind, solange du hier bist, wohl schon Leute am Alkohol gestorben?«

»Das wohl, sogar ein Lehrer. Aber die Gemeinde verachtet das! Ich gebe den Leuten ein Beispiel, daß man mäßig trinken, überhaupt alles mäßig genießen und gebrauchen kann. Ich trinke nie mehr, als ich vertragen kann.«

»Aber dein armer Doktor! Wie schön wäre es doch, wenn du ihm die rettende Hand reichtest.«

»Wo denkst du hin! Der würde mich kurios ansehen, wenn ich ihn bekehren wollte. Du bist ein merkwürdiger Mensch; aber es wird dir nicht gelingen, mich zu bekehren!«

»Das kann nur durch den Willen des Herrn geschehen. Aber das will ich dir in Wahrheit sagen, daß ich dich herzlich liebhabe und dir wünschte, du würdest so glücklich, wie ich es bin. Ich hoffe, davon bist du überzeugt, daß ich es gut mit dir meine? Ich wäre doch nicht nach Stachelheim gekommen, um dich zu beleidigen und dich zu verletzen!«

»Ja, davon bin ich überzeugt. Ich habe auch nichts dagegen, wenn du mich auf deinen Standpunkt bringst. Denn merkwürdige Menschen seid ihr, das muß man euch lassen.«

»Nun, das freut mich, wenn du bereit bist, dich auf meinen Standpunkt herüberziehen zu lassen. Wenn du keinen Widerstand leistest, dann kann der Herr durch seinen Heiligen Geist bei dir etwas ausrichten. Das ist das Haupthindernis unserer Bekehrung, daß wir unsern Widerstand nicht aufgeben wollen.«

„Du sprichst so viel von Bekehrung. Ich leugne entschieden, daß das so eine plötzliche Geschichte ist, wie ihr Gemeinschaftsleute immer sagt. Es mag wohl dann und wann so geschehen; aber für gewöhnlich geht das ganz allmählich.«

»Das meinen viele, was du jetzt sagst. Aber biblisch ist das nicht. Natürlich gehört zur Bekehrung allerlei Vorarbeit; aber die Bekehrung selbst ist eine klare, bewußte Entscheidung für Jesus. Warum benützt denn der Herr im Gespräch mit Nikodemus das Bild von der neuen Geburt?«

»Um das allmähliche Wachsen darzustellen; ganz meine Meinung.«

»Aber ein Kind kann doch nur wachsen, wenn es geboren ist! Wenn du im Garten Bohnen hast, die müssen doch erst gelegt werden, ehe sie wachsen können. Unser Christentum, unser Glaubensleben muß doch erst einen Anfang haben, ehe es einen Fortgang haben kann!«

»Das bestreite ich entschieden.«

»Das wird dir wohl nicht viel helfen. Denk dir, ich habe mal einen alten Pastor predigen hören: ›Je mehr wir durch den Heiligen Geist wiedergeboren werden.‹ Also ist danach die Wiedergeburt ein lange dauernder Prozeß. Ich nehme an, ich befinde mich in dem Stand des allmählichen Wiedergeborenwerdens. Dann bin ich heute etwas wiedergeborener als gestern, und morgen bin ich, wenn ich mich normal entwickle, wieder etwas wiedergeborener als heute. Das kann doch nicht stimmen! Derselbe alte Pastor sagte in derselben Predigt: ›Je mehr wir uns versöhnen lassen mit Gott.‹ Nehmen wir einmal an, du würdest mir über meine Gespräche heute böse. Nun komme ich morgen und biete dir die Hand und sage: Wir wollen uns versöhnen. Dann gehe ich doch entweder von dir fort – versöhnt – oder nicht versöhnt. Eins von beiden! Ich kann mich doch nicht morgen ein Drittel mit dir versöhnen und übermorgen bin ich wieder ein Drittel versöhnter und so fort. Das ist doch nicht denkbar!«

»Man muß diese Ausdrücke nicht so pressen, wie ihr tut, die ihr ein ganzes System darauf baut.«

»Warum hat der Herr oder warum haben die Apostel aber solche Ausdrücke gebraucht? Doch, um die Sache dadurch *klar* zu machen! Jesus sagte: Mit der Erneuerung, der Bekehrung eines Menschen verhält es sich geradeso wie mit der Geburt eines Menschen. Und Paulus sagt: Die Menschen sind Gottes Feinde, bis sie mit ihm versöhnt werden durch das Blut Christi.«

»Das ist nicht wahr, daß wir Gottes Feinde sind. Das bin ich nie gewesen. Ich bin in einem christlichen Haus aufgewachsen. Dein System trifft also bei mir nicht zu.«

»Es ist nicht *mein* System, sondern das System des Heiligen Geistes, dem du in der ganzen Bibel begegnest. Und der Heilige Geist sagt: Was vom Fleisch geboren wird, das ist Fleisch. Und dann weiter: Fleischlich gesinnt sein ist eine Feindschaft wider Gott. Und das sind wir gewesen.«

»Das ist nicht wahr. So schlimm sind wir nicht gewesen.«

»Nun, von dir will ich es nicht behaupten; aber wenn ich an die Studienzeit zurückdenke, dann sage ich: Ich war ein verlorener Sohn. Ich studierte zwar Theologie; aber ich war doch ganz ferne von Gott. Ach ja, ich bin ihm *sehr* ferne gewesen. Ich bin bis an den Rand völliger Verzweiflung gekommen in meinem Zustand.«

»Ich glaube, du übertreibst und siehst die Sachen schwärzer an, als sie sind. Aber jedenfalls, von völliger Verzweiflung weiß ich nichts. Soweit ist es bei mir nicht gekommen.«

»Das mag leicht sein. Aber ich möchte jetzt fast dafür danken; ich weiß etwas von dem ›Segen der Sünde‹. Es ist ein falscher Ausdruck, den dieser Buchtitel aufgebracht hat; aber das Wahre liegt doch darin, daß wirkliche Sünder viel eher zurechtkommen als vermeintliche Gerechte. Sieh, als ich nicht mehr aus und ein wußte, da kam gerade zur rechten Zeit der Herr Jesus und wusch mich in seinem Blut rein.«

»Bitte, hör auf. Du bist natürlich auch ein Anhänger der Blut- und Wundentheologie!«

»Und du nicht? Wie willst du denn selig werden? Und wie soll es denn deine Gemeinde werden?«

»Durch Christi *Leben!* Ich nehme für mich den ganzen Christus in Anspruch! Ich tue meine Schuldigkeit und Gott gibt seinen Segen dazu. Ich wandle in den Fußstapfen Christi und folge seinem Vorbild.«

»Ja, kannst du das denn? Weißt du, wenn du deine Schuldigkeit tust und Gott seinen Segen dazu gibt – warum ist Christus dann gestorben? Das war ja dann – verzeih mal das Wort! – der allergrößte Luxus und Überfluß! Wenn du ohne ihn und sein Blut durchkommen kannst, dann brauchte er doch nicht zu sterben! Sag mal, kommt ihr auf diesem Wege auch in den Himmel? Es gibt doch einen, ja?«

»Ja.«

»Und kommt ihr auch hinein?«

»Warum nicht? So gut wie ihr.«

»Weißt du das ganz gewiß?«

»Nun, gewiß kann das kein Mensch wissen! Das ist dieser alte Hochmut der Gemeinschaftsleute, den ich nicht leiden kann. Sie kommen immer mit solchen Fragen.«

»Nun, wir wollen die Gemeinschaftsleute nun mal in Ruhe lassen; aber wenn du *mich* fragst, ob ich meiner Seligkeit gewiß sei, dann sage ich dir – wenn du es auch für Hochmut erklärst: »Gott sei Dank, ja! Mir ist *Erbarmung* widerfahren, Erbarmung, deren ich nicht wert! Sind wir denn Kinder, so sind wir auch Erben, sagt Paulus in Römer 8. Ich habe diese

Geschichte erlebt. Denn weißt du, das Christenleben fängt mit einer *Geschichte* an.«

»Das muß ich bestreiten. Wir sind getauft, wir sind in einem christlichen Haus aufgewachsen, wir gehen zur Kirche; so hat sich das christliche Leben allmählich entwickelt.«

»Ach, lieber Freund, daß ich es dir doch klarmachen könnte, daß du auf dem Irrweg bist!«

»Es wird dir nicht gelingen! So leicht werfe ich meine wissenschaftliche Überzeugung nicht über den Haufen.«

»Das scheint mir auch. Du hast vorhin gesagt, du *wollest* dich auf meinen Standpunkt bringen lassen. Aber nun scheinst du doch *nicht* zu wollen. Aber das merke ich dir an, glücklich bist du nicht!«

»Warum sollte ich nicht glücklich sein?«

»Du hast ein ganz zerrissenes Herz. Du hast keinen Frieden! Und *du* willst predigen, der *du* selbst nichts hast?«

»Nun ja, solchen Feuereifer wie du möchte ich auch haben. Du gehst ja für dein System durchs Feuer, wie es scheint.«

»Für mein System nicht; aber für meinen Heiland immer!«

Es klopfte. »Herein!«

Ein Mann aus der Gemeinde trat ein. »Guten Tag, Herr Pfarrer, ich bringe die traurige Mitteilung, daß meine Mutter gestorben ist.«

»So! Wann war sie geboren?«

»Sie war 73 Jahre alt.»

»Also wann geboren? An welchem Tage?«

»Ich kann's nicht sagen, Herr Pfarrer!«

»Na, dann müssen wir mal nachschauen.« Damit holte er aus dem Nebenzimmer das Kirchenbuch und fing an zu suchen.

»Herr Pfarrer, sie ist nicht hier geboren, sie war aus Pfaffenheim.»

»Ei, da kann ich sie doch auch nicht in meinem Buch haben, wenn sie nicht hier geboren ist.«

»Aber sie ist hier getraut worden. Der Herr Doktor meinte, Sie hätten sie im Traubuch stehen.«

»Ja, wann ist sie denn getraut worden?«

»Ich weiß nicht, Herr Pfarrer. Sie mag ungefähr 30 Jahre gewesen sein. Sie war nicht jung, als sie heiratete.«

»So! Wollen schauen ... Ja, hier steht ihr Geburtstag auch nicht. Hier steht nur: 30 Jahre alt. Da müssen Sie also sehen, ob Sie etwas darüber zu Hause finden, sonst müssen Sie nach Pfaffenheim und sich da einen Schein geben lassen, damit ich es ins Protokoll setzen kann.«

»Ganz recht, Herr Pfarrer.«

»Wie lang war sie schon Witwe?«

»Ei, Herr Pfarrer, der Vater lebt ja noch!«

»So, der Vater lebt noch! Wissen Sie mir nichts Besonderes aus ihrem Leben zu erzählen, was ich in der Rede anbringen könnte?«

»Kann ich nicht sagen, Herr Pfarrer.«

»Wie ist sie gestorben?«

»Ganz sanft und selig, Herr Pfarrer. Gestern abend war sie noch drunten bei uns in der Stube. Die Nacht hat sie dann gekämpft. Der Doktor hat nichts machen können. Dann ist sie eingeschlafen.«

»Ist sie heute morgen gestorben?«

»Nein, Herr Pfarrer, heute nachmittag, vor 'ner Stunde!«

»Nun, dann wollen wir sie Mittwoch nachmittag begraben, um 3 Uhr. Verstanden?«

»Jawohl, Herr Pfarrer!«

»Und dann besorgen Sie mir den Schein! Auf Wiedersehen.«

»Auf Wiedersehen, Herr Pfarrer!«

Wenn ich mich über den trockenen Ton dieser Zwiesprache gewundert hatte, so bekam ich den erforderlichen Aufschluß, als wir uns erhoben, um in den Garten zu gehen. Da las ich an der Zimmertür auf einem Porzellanschild das Wort »Pfarramt«. Es war also nicht der Pfarrer, oder wie die Norddeutschen sagen, der Pastor, zu deutsch: Hirte, der mit einem seiner Schäflein sprach, sondern es war eine Behörde, mit der man verhandelte. Und von Behörden kann man nicht erwarten, daß sie Gefühl haben für das Wohl und Wehe der ihnen anvertrauten Menschenkinder.

Der Hof war ein Stück Romantik. Zwischen den Kieselsteinen, mit denen er gepflastert war, wuchs das Gras. Die alte Pumpe sah so altersschwach und lebensmüde aus, als ob auch ihr Ende bald auf dem »Pfarramt« angemeldet werden könnte, und dann wußte gewiß auch niemand, wie alt sie war.

Zur Seite, an einem Schuppen, blühte ein Rosenstrauch. Er war bis zum Dach des Schuppens hinaufgeklettert und schüttelte nun eine Menge duftender Rosen herab. Weinreben und die blaue Klematis berankten das Haus und die Anbauten. Es war ein Hof wie in einem verwünschten Schloß im Märchen.

»Da liegt ja eine Zitrone«, sagte ich und bückte mich, sie aufzuheben. Mein Freund hielt mich zurück.

»Das ist hier so Brauch bei Beerdigungen. Da bekommt der Pfarrer eine Zitrone gebracht. Aber sie ist aus einem Hause, wo ein Schwindsüchtiger war, da hab ich sie gleich hinausgeworfen! – Nun komm, ich werde dir meine Werkstatt zeigen.«

In einem offenen Raum hatte er sich eine Drehbank errichtet.

»Schau her, die hab ich selbst verfertigt. Hier ist

eine Säge, da ist ein Bohrer. Damit kann ich allerlei herstellen.«

»Damit kannst du dir dein Haus ja nächstens selbst möblieren.«

»Hab' auch verschiedene Möbel gemacht; ich werd' sie dir nachher zeigen. Schau, diese Maschine ist meine eigene Erfindung.«

»Alter Freund, du mußt viel Zeit haben. Ich hätte keine Zeit, solche Arbeiten zu machen.«

»Das ist sehr unrecht. Wenn man soviel geistig arbeitet, dann muß man auch körperlich arbeiten, sonst bleibt man nicht gesund.«

»Nun, es geht vielleicht auch ohne solche Arbeit. Ich habe es gut, weil ich einen Außenbezirk zu bedienen habe, da muß ich viele und weite Wege machen. Das ist denn meine Arbeit.«

»Aber ihr übertreibt's doch mit der Arbeit. Ich seh' ja in deinem Blatt: Ihr seid ja immer am Reden. Soviel Vereine und soviel Bibelstunden; das ist doch Überfluß.«

»Ja, lieber Freund, du magst das hier auf deinem Dorf nicht notwendig haben; darüber erlaube ich mir kein Urteil; aber bei uns ist es notwendig. Ich bliebe auch ganz gern mal des Abends zu Hause, das kannst du mir glauben. Aber zu meiner Bequemlichkeit bin ich doch nicht angestellt. Wir wollen doch gerne etwas ausrichten.«

»Nun ja, aber ich kann nicht sehen, daß das nötig ist. Meine Gemeinde hat an der Predigt genug. – Übrigens, schau mich mal an, übers Jahr bin ich vielleicht ein Mann von 100 000 Franken!«

»Wieso denn das?«

»Nun, ich hab' 'ne Erfindung gemacht. Damit kann ich leicht den Preis bekommen.«

»Du eine Erfindung? Das ist ja sehr interessant. Willst du mir nicht sagen, was für eine? Du brauchst nicht bange zu sein, daß ich sie dir nachmache. Ich bin nicht so ein Praktikus wie du.«

»Das scheint mir auch, du bist ganz einseitig geworden. – Da ist ein reicher Amerikaner bei einem Schiffszusammenstoß ums Leben gekommen. Die Anverwandten, die sein Geld geerbt haben, haben nun einen Preis ausgesetzt, ob es nicht möglich sei, etwas zu erfinden, was den Zusammenstoß von zwei Schiffen unschädlich und ungefährlich machen könnte. Und wenn das nicht möglich wäre, ob es denn nichts gäbe, was die bei einem Zusammenstoß so plötzlich gefährdeten Menschen retten und über Wasser halten könnte. Nun hab' ich mir das überlegt und bin zu der festen Überzeugung gekommen, so etwas, was einen Schiffszusammenstoß unschädlich machen könnte, gibt's nicht, das kann man nicht erfinden. Aber die andere Frage habe ich gelöst. Ich habe einen Apparat konstruiert, der wird in den Rükken des Rockes eingenäht, und sobald der ins Wasser kommt, bläst er sich automatisch auf und füllt sich mit Gas, so daß der Mensch davon getragen werden kann.«

»Das ist ja eine wunderbare Erfindung. Ich wünsche dir guten Erfolg. 100 000 Franken, dann bist du ja ein gemachter Mann.«

»Ich werd' jetzt die Erfindung nach Havre schikken, und gegen Ende des Jahres wird der Preis zuerkannt!«

Ich trat an den Rosenstrauch heran und erfreute mich an dem herrlichen Duft.

»Die sind nicht schön, ich habe bessere: Schau, dort!« Damit gingen wir durch ein Pförtchen, das den Garten gegen den Hof abschloß. Hier war alles eine paradiesische Wildnis. Winden wuchsen ungehindert an den Johannisbeersträuchern hinauf, die sich unter der Last ihrer Trauben neigten. Die Wege grünten und blühten von allerlei Unkraut und Blumen, die sich dort eingeschlichen hatten. Vor allem war es eine herrliche Rosenpracht, die allerdings durch den Regenguß, der vorher niedergegangen war, etwas gelitten hatte.

Er schnitt mir einen großen duftenden Strauß ab, den ich mitnehmen sollte.

Mir legte sich wieder meine Verantwortung aufs Herz. Schon eine ganze Weile war wieder verstrichen und ich hatte nichts von dem einen, was not tut, mit ihm gesprochen. Ich fing also wieder an. »Wie schwer muß es sein, wenn man ein so schönes Besitztum hat, und man muß es einmal verlassen und muß Abschied nehmen von der schönen Welt. Man kann doch so ein Fleckchen Erde recht liebgewinnen. Wie schwer, wenn man nicht weiß, daß man es einmal *noch besser* bekommt.«

»Nun freilich, wir bekommen es doch einmal noch besser!«

»Aber die Gewißheit hast du doch nicht, hast du mir vorhin gesagt!«

»Die braucht man auch nicht zu haben. Das ist eine eigentümliche Meinung. Warum sollte ich denn nicht in den Himmel kommen?«

»Warum nicht? Das will ich dir sagen: Es sei denn, daß jemand von neuem geboren werde, so kann er nicht in das Reich Gottes kommen. Das ist die Bedingung, die Jesus selbst angegeben hat.«

»Ja, aber ich bin doch wiedergeboren!«

»Du bist wiedergeboren? Wann denn?«

»Nun, doch in der Taufe!«

»Meinst du das im Ernst, daß du durch die Taufe, die in deinem unmündigen Zustand geschehen ist, wiedergeboren seist? Sind denn auch alle die, welche in den Gefängnissen und Zuchthäusern sitzen, wiedergeboren?«

»Die sind oft besser als die, welche nicht drin sitzen. Es laufen so viele Leute herum, die nichts taugen.«

»Das ist nicht zu bestreiten! Aber darum handelt es sich ja jetzt nicht. Ich meine, ob die armen Zuchthäusler nach deiner Ansicht wiedergeboren seien?«

»Ja gewiß, sie sind doch getauft! – Aber schau doch einmal die Aussicht hier von diesem Gartenhäuschen an. Hier haben wir auch Schutz gegen den Regen.«

»Ja, lieber Freund, die Aussicht ist hübsch; aber ich kann mich nicht darüber freuen, solange du selbst keine bessere Aussicht hast. Ich bin nicht hierhergekommen, um die schönen Felder und Bäume zu bewundern, sondern um mit dir über deine Seele zu reden.«

»Du hast auch für nichts anderes mehr Interesse. Ich fange doch an einzusehen, daß du ein anderer geworden bist. Damals warst du doch vielseitiger.«

»Entschuldige, Freund, daß ich dich unterbreche: Bist du eigentlich lutherisch oder reformiert?«

»Ich bin reformiert.«

»Was, du bist reformiert? Und du willst durch die Taufe wiedergeboren sein? Das ist ja ganz gegen die reformierte Lehre! Wenn du ein strammer Lutheraner wärst, dann würde ich ja einen schweren Stand haben, um dir zu beweisen, daß das nicht richtig ist. Aber wenn du von Haus aus reformiert bist, dann sage ich dir bloß: dann bist du nicht wiedergeboren, denn nach reformierter Lehre ist Taufe und Wiedergeburt zweierlei, wie du weißt.«

Die Antwort blieb ihm erspart, denn es fing an, immer kräftiger zu regnen. Das grüne Laubdach über uns war solchem Guß nicht gewachsen. So blieb uns nichts anders übrig als schleunigste Flucht ins Haus. Dadurch wurde unser Gespräch abgeschnitten.

Im Haus sah ich die Küche, die er zum fotografischen Atelier eingerichtet hatte, und die Fotografien, die er gemacht hatte.

»Hier ist auch dein Bild«, sagte er, und wies auf eine Gruppe von drei verkleinerten Fotografien, die zusammen in einem Rahmen steckten. »Das sind meine drei besten Freunde.«

»Das freut mich sehr, daß du mich dazu rechnest. Dann wirst du es mir auch nicht verübeln, wenn ich so mit dir rede, wie ich es tue.«

»Nein, ich nehme dir nichts übel; du magst sagen, was du willst. Ich weiß, daß du es gut meinst, und ich muß ja auch sagen, du weißt dein System mit Wärme zu verteidigen. Ich begreife nur nicht, wie du deine wissenschaftlichen Überzeugungen so ganz hast über Bord werfen können!«

»Eine Menschenseele braucht lebendiges Brot, aber manche Professoren speisen die Leute mit leeren Hülsen ab.«

»Wie hast du einst mit mir für Pfleiderer geschwärmt und für Harnack!«

»Gewiß, die haben mir auch einst hoch gestanden.«

»Mir stehen sie jetzt noch viel höher.«

»Nun, ich bin der Meinung, daß der beste Professor, von dem man am meisten lernen kann, der Heilige Geist ist. Wie trostlos ist z. B. das neue Buch von Harnack: ›Das Wesen des Christentums‹. Es kommt doch ungefähr darauf hinaus, das Wesen des Christentums bestehe darin, daß wir Menschen Gott und den Nächsten lieben. Und das ist nicht das Wesen des Christentums, sondern daß Gott *uns* liebt, und daß wir in seiner völligen Liebe ruhen können. Es kommt nicht in erster Linie an auf unsere Liebe zu

Gott, sondern auf Gottes Liebe zu uns – das allein macht uns glücklich.«

»Ganz recht, das meine ich auch.«

»Aber vielleicht verstehst du es etwas anders. Ich habe nämlich nicht den Eindruck, als ob du glücklich wärest. Im Gegenteil, du machst einen unglücklichen Eindruck. Aber das wundert mich nicht; es kann gar nicht anders sein. Eine solche Welt- und Gottesanschauung *kann* nicht glücklich machen. Das weiß ich aus eigener Erfahrung!«

»Es ist schade, daß du nur so ein paar Stunden hier bleiben willst. Du müßtest mal ein paar Wochen hier sein. Bleib doch wenigstens morgen bis zu dem folgenden Zug!«

»Es tut mir leid, aber ich habe mich mittags in Koblenz angemeldet, und übermorgen muß ich wieder zu Hause sein, weil ich am Abend Bibelstunde zu halten habe.«

»Übrigens, es hat aufgehört zu regnen. Wollen wir nicht mal die Kirche besuchen?«

»Doch, ganz gerne. Ich würde sehr gerne die Stätte deiner eigentlichen Wirksamkeit kennenlernen. Es ist ja hier so anders als bei uns. Bei uns liegt der Schwerpunkt unserer Arbeit, möchte ich wohl sagen, nicht in den Predigten, sondern in unsern Bibel- und Vereinsstunden und in privaten Besuchen. Aber bei euch konzentriert sich die ganze Arbeit in der Predigt. Um so wichtiger und verantwortungsvoller wird aber das Predigen, Freund, wenn es die einzige Gelegenheit für deine Leute ist, Gottes Wort zu hören!«

Damit waren wir aus dem Haus getreten. Ich mußte dem selbstverfertigten Briefkasten, den er mit der Laubsäge gearbeitet hatte, meine Aufmerksamkeit widmen; dadurch wurde der Faden wieder abgerissen. Aber er ließ sich doch wieder anknüpfen.

»Was meinst du wohl«, fragte ich, als wir über die gepflasterte Dorfstraße gingen, »was meinst du wohl, wieviel Leute in deiner Gemeinde auf dem Wege zum Himmel sind?«

»Etwa die Hälfte.«

»Das ist ja ein sehr günstiger Prozentsatz! Gibt es denn zwischen diesen beiden Hälften nicht mal ein wenig Reibung?«

»Nein, ich habe Frieden in der Gemeinde. Ich habe eine einheitliche und einteilige Gemeinde. Darum laß ich niemand herein, der mir die Leute verworren macht.«

»Ja, das habe ich schon gehört, daß du dem Bruder Pfeiffer, der hier mal Versammlungen halten wollte, die Erlaubnis verweigert hast. Das heißt: Eigentlich nicht du selbst, sondern der Wirt, bei dem er anfragte wegen des Lokals, hat es abgelehnt mit der Begründung: ›Der Herr Pfarrer erlaubt es nicht.‹ Das ist doch eigentlich nicht schön, wenn der Wirt dich so bevormundet.«

»Davon weiß ich nichts; es muß geschehen sein, als ich nicht da war. Aber freilich soll der Herr Pfeiffer bleiben, wo er ist. Ich kann mit meiner Gemeinde allein fertig werden. Ich brauch' keine Hilfe.«

Damit waren wir zur Kirche gekommen. Eine helle, freundliche Kirche mit hell gestrichener Bestuhlung, etwa 500 Sitzplätze fassend.

»Wie ist sie denn besucht?« fragte ich ihn. »Eine zahlreiche Gemeinde ist doch der beste Schmuck einer Kirche!«

»O, ich bin ganz zufrieden«, sagte er. »Die Gemeinde ist durchschnittlich ganz gut kirchlich.«

»Ja, mein Freund, aber zwischen kirchlich und christlich ist so oft noch ein Unterschied. Das Kirchengehen tut es ja allein noch nicht. Es kommt darauf an, daß wir auf den rechten Weg kommen, den schmalen, von dem Jesus in der Bergpredigt gesprochen hat. Das ist ja so recht ein Abschnitt nach eurem Herzen.«

»Wieso?«

»Nun, ich habe schon öfters gefunden, daß liberale Pastoren im Unterricht mit besonderer Vorliebe immer wieder die Bergpredigt durchnehmen. An Gethsemane und Golgatha wagen sie sich nicht heran, weil sie von dem Blut nichts wissen wollen. Das willst du ja auch nicht. – Aber nun redet Jesus in der Bergpredigt von den beiden Wegen. Was meint er denn wohl damit?«

»Diese Geschichten müssen zeitgeschichtlich verstanden werden. Ihr bezieht sie immer ohne weiteres auf die Gegenwart, und das ist nicht erlaubt. Er hat damit sagen wollen: es ist nur eine kleine Zahl, die mir nachfolgt, die sich entschließt, das Heidentum oder Judentum dranzugeben.«

»Das ist ganz richtig. Nur daß es heute noch geradeso steht. Es ist auch heute noch eine kleine Zahl, die dem Herrn Jesus nachfolgt. ›Wenige sind ihrer, die ihn finden‹, das gilt für alle Zeiten. Die Worte Jesu hallen durch die Jahrtausende und sie verhallen nie. Nun frage ich dich als den Hirten dieser Gemeinde: Wie viele der Schäflein deiner Gemeinde wandern wohl auf dem schmalen Weg und wie viele auf dem breiten?«

»Das kann ich doch nicht wissen!«

»Es kommt ja nicht so genau auf die Zahl an. Aber kannst du mir nicht von etlichen Leuten erzählen, die nach deiner Meinung auf dem schmalen Weg gehen?«

»Ich bestreite dir das Recht, so zu fragen!«

»Warum denn aber? Du hast mir doch vorhin gesagt, die Hälfte der Gemeinde etwa sei auf dem Weg zum Himmel?«

»Ja, du hast mich da zu einer Antwort verleitet, die ich nicht hätte geben sollen. Das kann kein Mensch wissen, wer auf dem schmalen Weg ist oder nicht. Das weiß Gott allein!«

»Nun gut, aber denke dir, deine Leute haben die Wintersaat bestellt. Was erwarten sie nun auch? Sie erwarten, daß der Same auch aufgeht! Und wenn nach etlicher Zeit sich kein Hälmchen regt, dann werden sie sehr betrübt. Dann ist etwas nicht in Ordnung. Sieh, so sind wir Prediger auch Säeleute. Und wenn ich Samen ausstreue, dann erwarte ich auch ganz bestimmt, daß er aufgeht. Warum? Nicht, weil ich so schön säen kann, sondern weil der Same die Kraft hat. Der Same ist ja das Wort Gottes, und das ist eine Gotteskraft, selig zu machen. Erwartest du denn nichts von deinen Predigten? Wirst du denn nicht unruhig, wenn sich gar keine Frucht zeigt?«

»Ich habe dir schon gesagt, daß ich dir durchaus das Recht bestreite, so zu fragen. Das sind innere Vorgänge, über die wir kein Urteil haben.«

»Gewiß sind es zunächst innere Vorgänge; aber es bleibt nicht im Innern, sondern wenn das Herz neu geworden ist, dann wird auch das Leben neu. Dann zeigt es sich auch im täglichen Leben und Verhalten. Ich sage dir, man kann es merken, ob einer auf dem schmalen oder auf dem breiten Weg ist. Es ist doch ein großer Unterschied! Da hört der Jähzorn auf, da legt sich das aufbrausende Wesen, da werden aus Trunkenbolden solide Familienväter usw. Kannst du solche Geschichten denn aus deiner Gemeinde gar nicht erzählen?«

»Gibt es denn unter deinen Gemeinschaftsleuten keine jähzornigen und hitzigen Menschen mehr? Ich bin sehr gegen sie eingenommen, will ich dir sagen, weil mein Vater seinerzeit von einem Gemeinschaftsmann gerade aus deiner Gegend betrogen worden ist.«

»Das tut mir sehr leid, und ich gebe dir auch zu, daß es unter dem Volk Gottes oder doch wenigstens unter denen, die sich zum Volk Gottes halten, Leute gibt, die eine Schande sind für den Heiland und für seine Gemeinde. Das ist leider wahr! Aber ich verlange auch niemals, daß sich einer zu diesem verachteten Volk Gottes bekehren soll, sondern zu dem Herrn, und ich denke doch, daß du dem nichts nachsagen kannst.«

»Ganz schön, aber macht denn nun diese eure Bekehrung, von der ihr ein so groß Wesen macht, euch ganz los von der Sünde? Wenn sie das nicht zuwege bringt, was ist denn für ein Unterschied zwischen uns? Bist du denn nun los von der Sünde?«

»Lieber Freund, es ist sehr schwer, dir darauf die richtige Antwort zu geben. Aber ich will dir doch zeigen, daß ich auch vor solchen Fragen nicht bange bin. Allerdings gehört das ins Gebiet der Heiligung hinein, und um das zu verstehen, muß man zuerst wirklich selbst bekehrt worden sein. – Du weißt, daß Galater 2, 20 geschrieben steht: Ich lebe aber; doch nun nicht ich, sondern Christus lebet in mir. Also der Apostel behauptet ganz unerschrocken von sich, daß Christus in ihm lebt. Ich wage nun, von mir dasselbe zu sagen. Denn bei der Bekehrung hält der Herr Jesus Christus seinen Einzug im Menschenherzen, um darin zu wohnen. Was meinst du nun, wenn Christus wirklich in meinem Herzen lebt, von dieser Festung aus das ganze Leben beherrscht – wird er mich sündigen lassen? Wenn ich mich und solange ich mich von Jesus regieren lasse, solange sündige ich nicht. Nur wenn ich mich selbst leiten und regieren will, dann gerate ich in die Sünde hinein. Das ist doch sehr einfach, nicht wahr? Es handelt sich also für Kinder Gottes nur darum, daß sie bleiben in seiner Liebe, wie uns der Herr ermahnt hat, sich leiten und regieren zu *lassen*, anstatt sich selbst zu leiten.«

»Also hat die Sünde doch noch nicht aufgehört?«

»Leider nicht. Wir brauchten nicht mehr zu sündigen, aber wenn wir uns nicht bewahren lassen, dann geraten wir doch leider wieder hinein.«

»Nun, dann macht es ja gar keinen Unterschied, wie ich vorhin sagte, ob einer bekehrt ist oder unbekehrt.«

»Doch, einen sehr großen! Die Bekehrten haben eine ganze Wendung gemacht, von der Welt des Unrechts ab, zu Gott hin, sie wandern auf dem schmalen Weg dem Himmel zu, und die Unbekehrten, die auf dem breiten Wege bleiben, enden in der Verdammnis. – Übrigens, was verstehst du denn eigentlich unter der engen Pforte, die am Anfang des schmalen Weges sich befindet?«

»Nach deinem System ist das die Buße.«

»Ja, was ist es denn nach *deinem* System?«

Die Antwort ließ eine Weile auf sich warten. Endlich kam sie doch. »Das sind die inneren Kämpfe und Proben, durch die wir hindurchgehen müssen.«

»Durch solche Kämpfe haben wir öfter hindurchzugehen, nicht wahr?«

»Ja, gewiß. Bald kommen sie seltener, bald öfter, je nachdem.«

»Nun, dann dürfte doch der Herr nicht von *einer* Pforte reden! Dann gibt es doch gewiß mehrere enge Pforten?«

»Tut es auch!«

»Ja, aber – warum spricht er denn wohl von *einer* Pforte, wenn es so viele gibt?«

»Ei, ich habe dir ja schon gesagt, daß man solche Ausdrücke nicht so pressen darf!«

»Aber, lieber Lang, das ist doch kein Pressen! Du stellst ja die Dinge geradezu auf den Kopf. Diese Tür am Anfang des schmalen Weges, das ist die Bekehrung. Man muß sich einmal für Jesum entschließen. Man muß einmal einen Anfang machen. Es geht nicht anders. – Aber ich sehe, daß ich ganz und gar nicht imstande bin, dich zu überzeugen und auch nur den allergeringsten Eindruck auf dich zu machen. Ich weiß aber Einen, der das kann. Das ist der Herr. Der kann es durch seinen Heiligen Geist. Wir sind hier ganz ungestört in deiner Sakristei. Komm, wir wollen den Herrn bitten, daß er uns erleuchte und uns durch seinen Geist in alle Wahrheit leite.«

Ich wartete keine Antwort ab, sondern kniete an meinem Sessel nieder. Der Herr gab es mir, daß ich aus inniger Liebe zu dem armen Freund für ihn und seine Gemeinde beten konnte. Ich besinne mich kaum, für einen anwesenden Menschen um seine Bekehrung gebetet zu haben, wenn er selbst nicht wollte. So habe ich dieses Gebet auch nur unter viel Seufzen und starkem Herzklopfen gesprochen; aber ich konnte nicht anders, ich mußte zu Gott rufen um seine Rettung.

Als ich Amen gesagt hatte und alles still blieb, sah ich auf. »Willst du nicht auch beten?« fragte ich. Er stand, mir halb abgewendet.

Seine Stimme klang nicht wie sonst, als er sagte: »Nein, in solchen Fällen bete ich still!«

Ich stand auf. Das Herz war mir so schwer, daß er stumm blieb. Ja, was hätte ich jetzt um ein Wort des Gebets aus seinem Munde gegeben! Ich trat auf ihn zu und fragte ihn leise: »Habe ich dich verletzt? Bist du beleidigt?«

»Nein, das bin ich nicht.«

»Glaubst du mir auch jetzt noch, daß ich es gut mit dir meine?«

»Ja, das glaube ich.«

»Dann ist es gut. Dann wird der Herr weiter mit dir reden.«

»Willst du nicht mal auf den Turm steigen? Man hat eine sehr schöne Aussicht von da oben.«

»Das wollen wir gleich; aber erst möchte ich auf deine Kanzel gehen, wenn du es erlaubst.«

»Warum nicht?«

Ein Treppchen führte hinauf. Von hier präsentierte sich die Kirche sehr schön. Mir ging die Geschichte durch den Kopf, wie Spurgeon einmal ins Tabernakel ging oder in den Kristall-Palast, um zu sehen, ob die Kanzel richtig angebracht sei. Er ging auf die Kanzel und sprach mit lauter Stimme den Spruch: Also hat Gott die Welt geliebt. In einem Winkel der großen Halle aber war ein Arbeiter bei der Arbeit. Wie der mit einem Male diesen Spruch hörte, ohne den Sprecher zu sehen, da traf es ihn wie ein unmittelbares Wort Gottes, und diese Stunde entschied über sein Leben.

An diese Geschichte dachte ich, als ich mit lauter Stimme es in die Stachelheimer Kirche hineinsprach: Also hat Gott die Welt geliebt, daß er seinen eingeborenen Sohn gab, auf daß alle, die an ihn glauben, nicht verloren werden, sondern das ewige Leben haben. Und dabei flehte ich zum Herrn, er möge nun doch auch in diesem Gotteshause den Spruch an dem einzigen Zuhörer segnen.

Nachwort

Und willst du wissen, wo Stachelheim liegt? Es liegt nicht nur in Süddeutschland, da, wo die Landstraßen zusammenstoßen und ein Kreuz bilden, das mit roten Backsteinhäusern bebaut ist. Es liegt auch überall da, wo Menschen ohne Frieden und ohne wahres Glück dahinleben. Überall da ist Stachelheim, wo man Jesus nicht kennt aus eigener Erfahrung und aus seligem Erleben. Du wohnst doch nicht etwa auch in Stachelheim?

Die Glaskastenpredigt

Seit mehreren Jahren war keine Kirchenvisitation mehr in unserer Gemeinde gehalten worden. Jetzt kam die Nachricht, daß wieder eine stattfinden sollte. Am Sonntag Rogate und dem darauffolgenden Montag sollte sie gehalten werden. Das Programm wurde vorher vereinbart; danach wollte der Visitator in meine Predigt kommen und dann selbst das Wort ergreifen.

Zu einer Visitationspredigt kommen naturgemäß auch solche Leute, die sonst nicht im Gottesdienst sind. Es übt ja immer auf manche eine besondere Anziehung aus, wenn etwas Außergewöhnliches geschieht. Dann werden auch alle Lehrer dazu eingeladen, weil nachher mit ihnen noch eine Besprechung über Schulangelegenheiten gehalten werden soll.

Wenn so viele seltene Gäste kommen, dann liegt es sehr nahe, daß man ihnen auch etwas Besonderes bieten möchte. Ich kann mich nicht davon freisprechen, daß ich mir vornahm, meine Sache gut zu machen. Nicht als ob ich daran gedacht hätte, den seltenen Gästen irgendwie nach dem Munde zu reden, aber ich wollte ihnen doch gern eine homiletisch musterhafte Predigt halten.

Ich hatte mir das Wort aus dem Jesajas ausgewählt: »Es soll geschehen, ehe sie rufen, will ich antworten; wenn sie noch reden, will ich hören.«

Nun dachte ich über den Text nach, ich betete darüber, – ich betete viel darüber. Denn ich weiß: »Ein Mensch kann sich nichts nehmen, es werde ihm denn gegeben vom Himmel.« Aber wie ich auch betete, ich bekam keinen einzigen Gedanken. Ich war und blieb leer. Ich kann mich nicht besinnen, jemals im

Gebet so rein gar nichts bekommen zu haben, wie in diesem Fall. Endlich merkte ich, was Gott mir dadurch sagen wollte. Sein Schweigen wollte mir sagen: »Du willst zu deiner eigenen Ehre predigen. Die Leute sollen nachher sagen: Ei, das war aber eine ausgezeichnete Predigt! Sieh, dabei kann ich dir nicht helfen! Denn wenn ich dir dabei helfen würde, dann hätte der Mensch die Ehre, und die gebührt mir allein!«

Ich sah ein, daß Gott recht hatte, daß ich eine Lektion verdient hatte. Und – da gab ich alle Wünsche, eine gute und homiletisch richtige Predigt zu halten, auf und sagte: »Gut, Herr, wenn ich keine gute Predigt halten soll, dann will ich auch ganz gern eine schlechte halten, wenn nur etwas für Dich dabei herauskommt. Und wenn ich mich auch blamieren soll mit meiner Predigt, – Herr, es tut nichts, wenn nur wenigstens ein Mensch dadurch gerettet wird!«

Nun war der Himmel über mir wieder klar. Ich bekam nun etwas; aber ich merkte gleich: das, was ich bekam, sprach allen Regeln der Homiletik Hohn. Spurgeon sagt einmal, eine Predigt müsse Geschichten enthalten, die seien gewissermaßen die Fenster, durch die das Licht hereinfalle; aber ein Haus dürfe nicht aus lauter Fenstern bestehen, das sei ja ein Glaskasten, und ich bekam im Geist nichts weiter als etliche Geschichten. Nun, wenn es nichts anderes sein sollte, dann wollte ich auch ganz getrost meine Glaskastenpredigt halten. Die Leute, die Herren Amtsbrüder und die Herren Lehrer mochten nachher sagen, was sie wollten.

So hielt ich denn meine Glaskastenpredigt. In der Einleitung erzählte ich die Geschichte einer Predigt, die ich einst als Student gehalten hatte. Ein Pastor der Nachbarschaft, der ein Verwandter von mir war, bat mich eines Tages, am Sonntag für ihn zu predigen, er müsse wegen Erkrankung seines Vaters sofort abreisen. Es war ein Donnerstag oder Freitag, als er mir das sagte. Ich wollte erst nicht recht, weil mir die Zeit zu kurz war, aber dann gab ich nach, weil der Vetter so sehr drängte. Ich sagte zu. Es war gerade der Sonntag Rogate, so daß über das Gebet gepredigt wird. Ich nahm mir ein paar Predigtbücher her, aus denen ich mir etliche Gedanken entlehnte, dann versuchte ich, so gut es ging, eine Predigt daraus zu machen. Aber als ich sie nachher halten wollte, da ging es nicht, da verkam ich darin. Eins hatte ich nicht bedacht: Um über das Gebet predigen zu können, muß man selbst ein Beter sein, und das war ich nicht. Ich wollte über Gebetserhörungen reden, und ich hatte selbst noch keine erlebt. Ein vermessenes Beginnen, über das Gebet reden zu wollen auf Grund von etlichen Aussagen in einem Predigtbuch!

Kein Wunder, daß so viele Leute glauben, das Beten sei unnütz, es helfe ja doch nichts. Wenn ihnen so kalte und tote Predigten gehalten werden, wie ich damals eine hielt, wie sollen sie dann davon überzeugt werden, daß das Gebet eine Großmacht ist?

Warum sagen so viele Leute, das Beten habe keinen Zweck? Weil sie es nie recht versucht haben. Sie haben sich ihr Leben lang nie um Gott gekümmert, sie haben nichts nach seinem Willen gefragt. Aber wenn nun irgendeine Not einsetzt, dann kommen sie zu Gott gelaufen, um ihm ihre Anliegen vorzutragen, um ihn aufzufordern, der Not schleunigst ein Ende zu machen. Ob ihre Bitte dem Willen Gottes gemäß ist oder nicht, danach fragen sie nicht, davon wissen sie auch nichts, sie verlangen es einfach kurzweg, daß Gott sie sofort erhört. Und wenn er es nicht tut, dann machen sie es ähnlich, wie es die Heiden mit ihren Götzen machen, von denen berichtet wird, daß sie die Götzen schlagen, wenn sie ihnen den Willen nicht getan haben.

Denkt euch, da ist ein Sohn, der dem Vater viel Kummer bereitet hat. Endlich setzt er seinem ungezogenen Wesen die Krone auf und verläßt im Zorn das Haus des Vaters. So lange es ihm in der Ferne gut geht, denkt er nicht an seinen Vater. Aber als das Geld verbraucht ist, das er von zu Hause mitgenommen hat, schreibt er einen Brief nach Hause: »Vater, ich muß sofort 100 Mark haben!« Wird der Vater ihm das Geld wohl schicken? Gewiß nicht! Sondern er wird sagen: »Mein Sohn, davon kann gar keine Rede sein, daß ich dir jetzt das Geld gebe. Komm erst einmal nach Hause zurück und bitte um Verzeihung, dann wollen wir weiter von der Sache reden!«

Sieh, so wartet auch Gott darauf, daß du erst kommst und deine Feindschaft, deine Rebellion aufgibst. Dann, wenn du sein Kind geworden bist, dann hast du auch Verheißungen, daß Gott dein Gebet hören und erhören werde. Eher nicht!

Es gilt darum nur Kindern Gottes, was Jesaja schreibt: »Es soll geschehen, ehe sie rufen, will ich antworten.«

Denn der Vater im Himmel weiß all unsere Bedürfnisse, ja, er weiß es, ehe wir es selbst wissen. Er sieht alle unsere Sorgen und Bedrängnisse voraus. Er weiß, wie alles kommen wird. Und da ist die Erhörung schon unterwegs, ehe wir noch gebetet haben.

Vor vielen Jahren wollte der bekannte Missionsmann Hudson Taylor nach China fahren. Aber der ungünstige Wind trieb das Segelschiff, auf dem er sich befand, in die Nähe der Küste von Neuguinea. Schon standen die Wilden am Strand mit Pfeil und Bogen, bereit, über die Schiffbrüchigen herzufallen, sie umzubringen. Ihre Anzahl war so groß, daß an ein Entrinnen nicht zu denken war. Da rief der Kapitän seine Leute zusammen und sagte: »Wir haben alles getan, was wir konnten. Nun vermögen wir nichts mehr. Wir müssen uns auf unser Ende gefaßt machen.« – »Nein, wir haben noch nicht alles getan«, unterbrach ihn Hudson Taylor, »wir haben noch nicht gebetet! Wir sind hier vier Gläubige auf dem Schiff – Sie, Herr Kapitän, der Schiffszimmermann, der Koch und ich. Wir wollen jetzt hinuntergehen und Gott um einen günstigen Wind bitten.« So geschah es.

Nach kurzer Zeit kam Taylor wieder herauf und sagte zu den Matrosen, sie möchten die Segel spannen, der Wind würde gleich da sein. Sie lachten und sagten, sie wollten den Wind lieber sehen als davon reden hören. Während sie das noch sagten, bewegte sich die Leine, die bisher schlaff am Mastbaum heruntergehangen hatte. Da lachten die Matrosen nicht mehr, sondern sie folgten der Weisung und der Wind kam und trieb das Schiff aus der Nähe der gefährlichen Küste fort auf die hohe See. -

Manchen von uns ist vielleicht aus der bekannten Lebensgeschichte von Jung-Stilling die Stelle erinnerlich, wo er erzählt, daß er sich einmal als Arzt in Elberfeld in großer Not befunden habe. Es war gerade kein Geld in der Kasse des Herrn Doktors, da kam der Fuhrmann, der die Kohlen brachte. Man hatte die Kohlen nötig, man konnte den Mann nicht abweisen. Aber der Mann war gewohnt, wenn er die Kohlen in den Keller gebracht hatte, sich die Hände zu waschen und dann die Rechnung zu präsentieren. Wenn man den Mann ohne Geld gehen ließ, dann wurde es bekannt, in was für einer mißlichen Lage sich Stilling befand, und dann war es um seinen Kredit geschehen. Aber woher sollte jetzt Geld kommen? – Stilling ging in die Kammer hinauf, wo ein

Eckchen auf dem Teppich ganz glatt war vom Knien. Dort warf er sich nieder und klagte die Not seinem Gott.

Da tritt der Geldbriefträger ins Haus und fragt nach Doktor Stilling. Er hat einen dicken Brief in der Hand, der die Bemerkung trägt: »Hierin 150 Reichstaler in Gold.« Wo kam das Geld her, und zwar gerade in dieser Zeit?

Vor anderthalb Jahren hatte Stilling einmal Besuch bekommen von seinem Universitätsfreund Goethe, dem später so berühmt gewordenen Dichter. Diesem hatte er die Geschichte seiner Jugendjahre vorgelesen, die er zu Papier gebracht hatte. Die hatte Goethe so gefallen, daß er sie mitnahm und in Weimar in Druck gab. Jetzt schickte er das Honorar dafür, das er von dem Verleger bekommen hatte. Tagelang, vielleicht wochenlang war der Brief unterwegs gewesen, aber ankommen mußte er gerade in diesem Augenblick, wo die Not aufs höchste gestiegen war. Da hat Doktor Stilling es erfahren: »Ehe sie rufen, will ich antworten.«

Aber ihr sagt vielleicht: »Ja, das sind alles Geschichten aus alter Zeit; heutzutage passieren solche Geschichten nicht mehr.« Doch, heutzutage passieren solche Geschichten auch noch. Es ist noch gar nicht lange her, da war eine arme Witwe auf der Nordseeinsel Nordstrand in großer Not. Sie hatte nichts mehr. Aber sie konnte beten. Und sie betete. Sie bat Gott um Hilfe. Als sie, in ihre traurigen Gedanken versunken, am Strand dahingeht, da fällt ihr Blick auf eine Flasche, die die Wogen angeschwemmt haben. Sie sieht in der Flasche einige Papierstreifen. Sie hebt die Flasche auf und öffnet sie. Ein Zettel lautet: »Der Einsender dieses Zettels erhält von der Firma Soundso einen Sack Kaffee.« Ein anderer Zettel lautete: »Wer diesen Zettel einschickt, der bekommt von der und der Firma einen Sack Reis.« So enthielt die Flasche noch mehrere Anweisungen auf Hamburger Firmen.

Die Witwe zeigte diese Zettel anderen Leuten, weil sie nicht wußte, was sie damit machen sollte. Die rieten ihr, doch einmal einen Versuch zu machen und einen Zettel einzusenden. Sie tat es. Nach einiger Zeit kam richtig ein Sack an. Da sandte sie alle ihre Zettel ein, – und ihre Not war gestillt.

Aber wie kamen die Zettel in die Flasche und wie kamen diese Anweisungen auf die Zettel? Etliche Zeit vorher war der Nordostseekanal eingeweiht worden. Daran hatten auch verschiedene Hamburger Großkaufleute teilgenommen. Sie sprachen von diesem und jenem, und da kamen sie auch auf die Frage, ob wohl eine Flasche, die man ins Meer würfe, jemals irgendwo zum Vorschein käme. »Das können wir ja ausprobieren«, meinte einer der Herren, schrieb auf einen Zettel eine Anweisung auf seine Firma und forderte die andern Herren auf, das Gleiche zu tun. So schrieben sie alle ihre Anweisungen und warfen dann die Flasche ins Meer. Und die Wogen nahmen sie und trugen sie, und Gott behütete und lenkte sie, und so kam sie an die richtige Adresse. »Ehe sie rufen, will ich antworten«, sagt unser Gott.

Und was in fernen Gegenden und in alten Zeiten passierte, das geschieht auch unter uns. Ich will noch eine Geschichte erzählen, die sich im vorigen Jahr hier in Mülheim zugetragen hat. Es war im letzten Winter, kurz vor Weihnachten, da machten etliche Arbeiter von der Thyssen-Fabrik eine Wette. Ich weiß nicht mehr, was der Gegenstand der Wette war. Aber ich weiß, daß sie um zwei Liter Branntwein wetteten. Der glückliche Gewinner will gerade mit seinem Geld fort, da erzählt ihm ein Arbeitskollege, der Christ war, daß die Familie eines andern auch an Jesus glaubenden Mitarbeiters sich in großer Not befinde. »Die Kinder haben keine Schuhe und Strümpfe mehr an den Füßen«, sagte er ihm.

Da fangen dem Mann die paar Mark, die er für Branntwein ausgeben will, in der Tasche an zu brennen. Er denkt bei sich: »Du willst jetzt für dieses Geld Schnaps trinken und die Kinder des armen Kollegen leiden Not!« Endlich denkt er, es sei am besten, er vertrinke das Geld lieber nicht, sondern gebe es dem Kollegen, der ihm von der Not gesagt hatte, der soll dann hingehen und dem armen Mann das Geld bringen.

Aber als er ihn darum bittet, da sagt ihm der: »Nein, das mußt du selbst tun! Du gehst zu Behle und holst einen Korb mit Lebensmitteln dafür, und dann bringst du ihm alles!« So geschah es denn auch. Als er mit seiner Frau und mit dem großen Korb voll Waren an die Tür der armen Familie klopfte, da hört man drinnen sprechen. Aber trotzdem sagt niemand »Herein!« Die Leute mit dem Korb hören etwas genauer hin, was sie denn da drinnen sprechen, und was hören Sie? Da liegen Mann und Frau, wie es scheint, auf den Knien und beten. Es war ein Gebet voll Glauben und Vertrauen. Als sie endlich Amen gesagt haben, klopfen die unerwarteten und doch erbetenen Gäste wieder; jetzt tönt es »Herein«, und da stehen sie mit ihrem Korb. Da gingen den lieben Leuten da drinnen die Augen über, als sie es so schnell erfuhren: »Ehe sie rufen, will ich antworten.«

Aber meine Geschichte ist noch nicht zu Ende; das Beste kommt noch. In der Fabrik hatte sich die Not des armen Kollegen herumgesprochen. Da kommt am andern Morgen ein Volontär, der zu Hause davon erzählt hat, und bringt einen großen Ballen mit, lauter Kleidungsstücke, alle für die arme Familie bestimmt. Zugleich ließ die Mutter des jungen Mannes ihm sagen, er könne sich bei ihr sechs Zentner Kartoffeln holen. Der Arbeiter, von dem die ganze Hilfe zuerst ausging, dachte: »Das gibt aber eine Freude, wenn er die Kartoffeln sich holt und weiß gar nicht, daß sie für ihn sind!« Also er bittet ihn nur, am Abend mit ihm nach Oberhausen zu gehen, um von dort Kartoffeln zu holen.

Der Kollege sagt bereitwillig zu. So ziehen die beiden denn los. Als sie schon fast zurück sind mit ihrer schweren Kartoffelkarre, da kann der Schalk es nicht mehr für sich behalten. »Was meinst du, für wen die Kartoffeln sind?« – »Weiß ich, für wen du die Kartoffeln besorgst?« – »Aber Mensch, merkst du denn nicht, daß sie für dich sind?« Da schaut der Kollege den lachenden Freund mit nassen Augen an und sagt: »Der Herr Jesus segne dich!«

Als sie zu Hause ankamen und die Kartoffeln in den Keller trugen, da stolperten sie. Sie machten Licht. Und was sahen sie? Da war inzwischen ein großer Haufen Steinkohlen abgeladen worden. Nun war der Arme aus aller Not!

Ja, wir haben einen Herrn, der uns erhört, der unsere Bedürfnisse kennt und weiß, und der die Erhörung schon abschickt, ehe wir ihn anrufen. Das ist volle und tatsächliche Wahrheit. Darum komm, nimm Jesum auf in dein Herz, daß du ein Kind Gottes wirst, dann wirst du es auch erfahren: »Ehe sie rufen, will ich antworten.« Amen.

Das ungefähr war der Inhalt meiner Predigt.

Es ging denn auch, wie ich mir vorher gedacht hatte. Man schüttelte den Kopf: »Das war doch keine Predigt!« Die Kritiker hatten ganz recht. Es war auch keine Predigt. Das mußte ich mir selbst sagen. Und darum stimmte ich den Kritikern aus innerster Überzeugung zu: »Ich weiß es auch, daß es keine Predigt war, aber ich habe diesmal gerade so predigen müssen. Ich konnte nicht anders.« Dabei war ich ganz ruhig und getrost.

Einige Zeit verging. Da fiel mir in meinen Versammlungen und Bibelstunden ein Mann auf, den ich vorher nicht gesehen hatte. Ein rundes Gesicht, nicht mehr ganz jung, bartlos, mit kurzgeschorenem Haar. Er sah wie ein Arbeiter aus, und er sah auch wieder nicht wie ein Arbeiter aus. Was mochte das für ein Mann sein?

Eines Abends nach einer Zusammenkunft kommt er auf mich zu und sagt: »Herr Pastor, ich möchte um die Erlaubnis gebeten haben, einmal zu Ihnen kommen zu dürfen, um Ihnen etwas zu sagen. Wann darf ich wohl kommen?« Ich bestimmte ihm einen Abend, und dann kam er.

»Wissen Sie«, fing er an, »ich bin jetzt Arbeiter. Aber ich habe früher andere Zeiten erlebt. Ich habe mich ruiniert durch den Alkohol. Ich bin auf eine ganz merkwürdige Weise nach Mülheim gekommen; ich wollte gar nicht nach Mülheim an der Ruhr, ich wollte nach Mülheim am Rhein. Ich hatte in Berlin gelesen, daß in Mülheim am Rhein Arbeiter gesucht würden in einer chemischen Fabrik. Da wollte ich hin. Ich nehme mir also eine Karte, und was meinen Sie? Der Mensch vertut sich und gibt mir eine Karte nach Mülheim an der Ruhr. Ich sehe aber gar nicht hin und merke es gar nicht. Erst kurz vorher merke ich es.

Nun denke ich: ›Na, dann bleib man erst in Mülheim an der Ruhr.‹ Ich ging in die Herberge und fragte den Hausvater, ob er keine Stelle für mich wüßte. Er wußte aber keine. So ging ich denn am andern Morgen selbst los. Aber ich fand nichts. Als ich mittags wieder zurückkam, sagte der Hausvater: ›Haben Sie noch keine Arbeit?‹ ›Nein.‹ ›Dann habe ich

Arbeit für Sie.‹ Er nannte mir den Namen der Firma und ich ging hin und – die Sache war abgemacht.

Nach ein paar Tagen wurde bei der Arbeit fürchterlich über Sie, Herr Pastor, und über noch einen anderen der hiesigen Pastoren geschimpft. Als ich mich genauer erkundigte, sagte mir mein Chef, ich sollte mich vor Ihnen in acht nehmen, Sie machten die Leute verrückt. Und wissen Sie, da dachte ich: Ich bin doch kein Kind mehr, ich werde doch mal hingehen und sehen, was mit dem Mann los ist. Da bin ich denn gekommen. Wissen Sie, Sie haben gerade über das Gebet gepredigt und haben gesagt, Gott hörte und erhörte unser Gebet. Und das haben Sie so bestimmt gesagt, daß ich bei mir selbst gesagt habe: ›Entweder: der Mensch lügt wie der Teufel, oder: was der sagt, das ist wirklich die Wahrheit. Der Sache willst du doch nachforschen.‹ Und da bin ich denn in Ihren Gottesdienst gekommen. Da ist mir eine neue Welt aufgegangen: ich will es fortan auch mit dem Heiland halten!«

Wie mich diese Erzählung bewegte! Da hatten meine lieben Kritiker die Predigt verachtet, weil sie nicht nach den Regeln der Homiletik aufgebaut war, und mein Gott hatte sie in Gnaden gebraucht, um dadurch einem »verlorenen Sohn« den Weg ins Vaterhaus zu zeigen!

Ja, es war ein sehr verlorener Sohn. Ein Mann, der eine gute Bildung empfangen hatte, der Klavier spielte und Musikverständnis hatte, einst ein tüchtiger Buchhalter in einer gutbezahlten Stellung in Berlin, und dann durch den Alkohol von Stufe zu Stufe heruntergekommen, bis man ihn auf der Straße wegen Bettelns aufgriff und inhaftierte. Und dann in die Charité hinein, weil ein Anfall von Delirium ihn darniederwarf. Noch einmal ins Gefängnis hinein! Im Wiederholungsfall beim Betteln erwischt! Dann ging er nach Mecklenburg als Hofgänger, als Knecht zu einem Tagelöhner, wo er täglich ganz wenig verdiente. Von Mecklenburg wieder zurück nach Berlin und von dort dann auf diese wunderbare Weise nach Mülheim!

Und nun darf ich sagen: Er ist gerettet. Er ist frei vom Alkohol geworden, er ist ein ganz anderer Mensch. Der Friede Gottes leuchtet aus seinen Augen und strahlt von seiner Stirn. Wenn er einmal den Mund auftut und in der Versammlung aus seinem Leben erzählt, dann geht eine tiefe Bewegung durch den Saal, denn er macht keinen Hehl daraus, was er war durch eigene Schuld. Aber dann rühmt er, was er geworden ist durch meine Glaskastenpredigt und durch Gottes Gnade: Ein seliges und fröhliches Gotteskind.

Das danke ich meiner Mutter

Wenn ich in mein Leben zurückschaue und mich frage, wer die bedeutendste Rolle darin spielte, dann steht das Bild meiner Mutter vor meinen Augen. Die Mutter ist der wichtigste Mensch, der unser Leben nicht nur in den Kindheitstagen und in der Jugendzeit prägt. Der Eindruck und Einfluß der Mutter bleibt gewöhnlich bedeutungsvoll für das ganze Leben. Wenn in der Bibel die Namen der Könige Israels oder Judas aufgezählt werden, dann stehen oft die Worte dabei: »Und seine Mutter hieß...« Wenn dann von dem König gesagt wird, daß er in den Wegen Jahwes wandelte und tat, was dem Herrn wohlgefiel, so darf man schließen, daß es der Einfluß der Mutter war, der ihn dazu bestimmte.

Glücklich ist der Mensch zu nennen, dem Gott eine fromme, betende Mutter gegeben hat.

Meine allerfrüheste Kindheitserinnerung ist die, daß ich mich auf dem Schoß meiner Mutter sehe und die Hände zu dem Kindergebet falte:

> »Ich bin klein; mein Herz mach rein; soll niemand drin wohnen als Jesus allein!«

Wieviel danke ich meiner Mutter, daß sie mich früh beten lehrte und mir biblische Geschichten erzählte!

Freilich hielt der Kinderglaube, den sie in mein Herz gepflanzt hatte, nicht stand in den Stürmen meiner Jugendjahre. Ungläubige Professoren rissen ihn aus meinem Herzen, zum Teil sogar mit ironischem Lächeln. Arm, bettelarm verließ ich die Hochschule. Öde und leer war mein Herz wie das Chaos vor der Schöpfung. Aber dann begann Gott das Werk der neuen Schöpfung in mir, von dem Paulus schreibt:

»Ist jemand in Christo, so ist er eine neue Schöpfung.«

Aber wenn der Kinderglaube auch durch lebendigen und persönlichen Heilsglauben ersetzt werden mußte, der sich dann in allen Proben als echt erwiesen hat, – eins hat er doch zuwege gebracht: mich in den Gefahren der Jugend zu bewahren. Die Jugendjahre sind gefährliche Jahre. Wenn man aus dem Schutz des Elternhauses hinauskommt in die Freiheit des Studentenlebens, wo man sein eigener Herr ist, wo niemand sich darum kümmert, was man tut und treibt, wie versuchungs- und gefahrenreich sind solche Jahre! Wie oft ging mein Fuß am Abgrund vorbei! Daß ich nicht stolperte und fiel, das danke ich meiner Mutter. In doppelter Hinsicht. Einmal dadurch, daß sie mir früh das Wort eingeschärft hat: »Ich bin der allmächtige Gott; wandle vor mir und sei fromm!«, so daß ich in Stunden der Gefahr mit Joseph sprechen konnte: »Wie sollt' ich ein so groß Übel tun und wider meinen Gott sündigen?« und zum anderen, weil sie gewiß allezeit für den Sohn in der Ferne betete. Aus ihren späteren Jahren weiß ich es, da habe ich mit ihr darüber gesprochen, und da hat sie es mir erzählt, daß sie jeden Tag alle ihre Kinder mit ihren Gebeten vor Gottes Angesicht brachte und ihnen das erflehte, was sie brauchten.

So danke ich es meiner Mutter, daß ich bewahrt geblieben bin vor traurigen Entgleisungen, durch die so manches junge, hoffnungsvolle Leben auf verkehrte Bahn und ins Verderben gerät. Sie hat einen guten Samen in mein Herz gelegt.

Und in den Hochschuljahren, als der Kinderglaube in Scherben gegangen war, da war es die Mutter, die ihre Hoffnung nicht aufgab, daß der Sohn zurechtfinden würde, die den Herrn bat, ihm zurechtzuhelfen.

Und ich kam zurecht. Hatte ich früher auf die Autorität meiner Mutter hin geglaubt, jetzt glaubte ich aus eigenem Erleben und Erfahren heraus; jetzt wußte ich, daß »Jesus Christus wahrhaftiger Gott, vom Vater in Ewigkeit geboren, und auch wahrhaftiger Mensch, von der Jungfrau Maria geboren, sei *mein Herr*, der mich verlorenen und verdammten Menschen erlöst hat, daß ich sein Eigentum sei.«

Dann erst ist die Aufgabe einer Mutter – in gewissem Sinne wenigstens – zum Abschluß gekommen, wenn ein Kind zur lebendigen Erfahrung des Heils gelangt ist, wenn es ein Kind Gottes geworden ist. Wie freue ich mich, daß die Mutter diesen Abschluß ihrer Erziehung erlebte, daß sie ihr Werk gekrönt sah durch den Segen Gottes, den ich in meinem Leben und in meinem Dienst erfahren durfte. Was waren das immer für erquickende Stunden, wenn ich zu kurzem Besuch in der Heimat weilte und erzählte der Mutter von so mancher kostbaren Erfahrung, die ich in meinem Amt hatte machen dürfen. Dann gingen ihr wohl die Augen über vor freudiger Bewegung und sie sagte: »Junge, dein Beruf ist doch der schönste!«

Meine Mutter war mir aber nicht nur in Glaubensdingen eine gesegnete Beraterin, sie war es auch in den Fragen des praktischen Lebens. Was für eine Lebensweisheit lag in ihren einfachen Sprüchen, die sie immer wiederholte, wodurch diese sich unvergeßlich und unverlierbar uns einprägten.

Wie gesegnet war mir ihr Sprüchlein: »Der Weg über die Zunge ist kurz.« Verstehst du, was sie damit sagen wollte? Sie wollte deutlich machen: Man hat nur Genuß und Geschmack an einer Speise, solange man sie auf der Zunge hat. Wurde sie erst hinuntergeschluckt, dann weiß man schon nicht mehr, wie sie geschmeckt hat. Wenn der Weg, auf dem es gut schmeckt, aber so kurz ist, dann lohnt es sich nicht, daß man für Leckerbissen und Süßigkeiten viel Geld ausgibt.

Mit diesem einfachen Sprüchlein hat sie es erreicht, daß wir Kinder wohl alle nie einen Groschen für Süßigkeiten ausgegeben haben. Das Geld war uns zu schade für solchen kurzen Genuß. Wir wußten ja: »Der Weg über die Zunge ist kurz.«

So einfach diese Lektion ist, so wichtig ist sie doch auch. Ich lernte später im Leben eine Familie kennen, da dachte der Mann sehr viel anders als meine Mutter. Er legte sehr großen Wert auf gutes Essen. Es mußte immer etwas Besonderes sein. So kam es, daß er über seine Verhältnisse lebte, daß er mit seinem Gehalt nicht auskam. Er war aber an das gute Leben so gewöhnt und gebunden, daß er sich verleiten ließ, die Kasse anzugreifen, die er zu verwalten hatte. Und dann kam die Revision und der Fehlbetrag wurde entdeckt. Derselbe war nicht sehr groß, aber er war da. Und da wußte der arme Mann keinen andern Ausweg, als – den Revolver. Was für Kummer und Herzeleid hat er dadurch über seine Frau und seine Kinder gebracht! Und was war die Ursache? Er hatte das Wort nicht gelernt, das mich meine Mutter gelehrt hat: » Der Weg über die Zunge ist kurz.«

Und nicht nur vor überflüssigem und unnötigen Geldausgeben hat sie mich durch dieses Sprüchlein bewahrt; sie hat es auch erreicht, daß an ihrem Tisch nicht über das Essen gemäkelt wurde. Das Wort »Das mag ich nicht« gab es nicht am Tisch meiner Mutter. Wie dankbar bin ich ihr dafür! Wenn ich nicht gelernt hätte, alles zu essen, wie sollte es mir jetzt ergehen, wo mich mein Evangelistenberuf soviel in fremde Häuser führt. Überall gibt es andere Speisen und andere Zubereitungsarten. Wie übel wäre ich dran, wenn ich alle Speisen erst darauf untersuchen müßte, ob ich sie »mag« oder nicht.

Wenn ich jetzt mit Danksagung essen kann, was mir vorgesetzt wird, ob es im Osten ist oder im Schwabenland, in Holstein oder in Kärnten, in Holland oder in Schweden, in Ungarn oder im Elsaß, so danke ich das der Erziehung meiner Mutter und ihrem einfachen Sprüchlein: »Der Weg über die Zunge ist kurz.«

Ein anderes Zitat von ihr hieß: »Immer fein ist nimmer fein.«

Wenn Kinder neue Sachen bekommen haben, dann wollen sie die natürlich auch gleich tragen, um sich »fein« zu machen. Welches Kind wollte nicht gern »fein« sein? Da machte uns die Mutter klar, daß das neue Stück sehr bald alt werden würde, wenn es immer getragen würde. Wenn man es aber schone, dann bliebe es viel länger neu und schön. Das drückte sie in dem kurzen Verschen aus: »Immer fein ist nimmer fein.« Wer immer fein sein will, wird es gar nicht sein, weil das neue Stück bald auch gebraucht und alt aussehen wird.

Dieses schlichte Wort hat den Grund dazu gelegt, daß wir sehr schonend und vorsichtig mit unseren Sachen umgingen, um lange etwas davon zu haben. Wie freue ich mich jetzt, daß ich es in meiner Jugend gelernt habe: »Immer fein ist nimmer fein.«

In einer Beziehung nur konnte meine Mutter mir nicht helfen. Da war sie machtlos. Da halfen alle ihre Mahnungen nichts. Ich war sehr jähzornig. Die geringste Kleinigkeit konnte mich in die Hitze bringen. »Krittelkopf« nannte sie mich deshalb. »Nun sieh mal einer den Krittelkopf!« »Junge, du machst dir das Leben schwer mit deinem Krittelkopf!«

Das wußte ich selbst. Aber meine Vorsätze halfen ebensowenig wie die Bitten und Mahnungen meiner

Mutter. Von meinem Krittelkopf konnte mich niemand anders befreien als Jesus, der Gekreuzigte. Davon kam ich erst los, als ich das Kreuz von Golgatha verstand und die Erlösung, die dort der Herr auch für mich vollbracht hat, um mich von meinem alten Menschen zu erlösen, auch von meinem aufgeregten und jähzornigen »Krittelkopf«.

Und auch das hat die gute Mutter noch erlebt, daß ich von meinem Krittelkopf loskam. Und wie sehr hat sie sich darüber gefreut! Sie sah, daß nun ein anderer meine Erziehung in die Hand genommen hatte. Und dem vertraute sie ihren Jüngsten getrost an in dem Bewußtsein, daß, der das gute Werk in mir angefangen hatte, es auch hinausführen und vollenden würde.

Der alte Jude

Ja, die Begegnung mit dem alten Juden gehört auch zu meinen besonderen Erlebnissen, so daß ich diesem Mann hier ein Denkmal setzen will.

Unser Schulweg in Münster ging in der Nähe unseres Hauses an Hecken entlang. An der einen Seite lag eine große Bleiche, von Gräben durchzogen. Da versammelten sich die Waschfrauen aus der ganzen Stadt und wuschen ihre Wäsche, oder sie legten sie auf den Rasen nieder, oder die spannten sie an langen Leinen auf, daß sie im Winde flatterte.

Wenn ich frischgewaschene Wäsche sehe, dann steht sogleich diese große Bleiche vor mir, auf die wir immer hinausblickten, wenn wir aus dem Fenster sahen, an der wir immer vorbeigingen, wenn wir zur Schule mußten.

Jetzt ist die große Bleiche längst verschwunden. Ein ganzes Stadtviertel ist an der Stelle entstanden, wo sich einst die Bleiche befand. Aber ihr Bild steht noch deutlich vor meiner Seele.

An der andern Seite der Hecken lagen Gärten. Darin standen Obstbäume, die ihre Zweige an manchen Stellen über die Hecke streckten.

Der Heckenweg war nicht sehr belebt. Da geschah es nicht selten, daß die Schuljungen mit einem Stück Holz oder mit Steinen in die Bäume warfen, um einen rotbackigen Apfel oder eine saftige Birne herunterzuholen. So machte ich es auch eines Tages. Weit und breit war niemand zu sehen. Darum benutzte ich die Gelegenheit, Beute zu machen.

Im Garten, der das Elternhaus umgab, standen auch Obstbäume. Davon durften wir essen. Das war uns nicht verboten. Aber – es mußten nun gerade diese Äpfel sein, die an den Bäumen jenseits der Hecke hingen. Verbotene Früchte sind süß. Das Verbotene lockt und reizt. Das haben schon unsere ersten Eltern im Paradies leidvoll erfahren.

Also ich werfe in die Obstbäume hinauf. Da plötzlich bekomme ich eine Ohrfeige, daß mir ganz schwindlig wurde.

Ein alter Jude war des Weges gekommen. Er wohnte wohl in der Nähe und machte öfter seinen Spaziergang durch den stillen Heckenweg. Der hatte mich erwischt. Der verabfolgte mir die Ohrfeige und sagte dazu sehr ernst:

»Junge, du stiehlst ja!« Und »du sollst nicht stehlen!«

So hatte ich das noch nie angesehen, daß das *Stehlen* war, wenn man einen Apfel von einem fremden Baum herunterzuholen versucht. Der Gedanke, daß ich ein Dieb sei, war mir noch nie gekommen. Aber die Ohrfeige des alten Juden, über die ich mich erst sehr schämte, brachte mir diese Erkenntnis, die ich nie wieder vergaß. Auf einmal wußte ich, daß es Sünde war, was ich tat, daß es Diebstahl war, was ich beging. Und da sagte ich mir: Nein, ein Dieb willst du doch nicht sein und werden!

Ich habe mich zuerst gewiß sehr über die Ohrfeige geärgert und entrüstet. Aber längst, längst habe ich Gott danken gelernt für die gesegnete Ohrfeige des alten Juden.

Wie oft sind Leute zu mir gekommen, wenn ich da oder dort Versammlungen gehalten hatte, und haben mir Diebereien bekannt und um Rat gefragt, wie sie diese alten Geschichten göttlich ordnen könnten. Wie oft habe ich gesehen, wie unglücklich man wird, vielleicht für Jahre oder Jahrzehnte, wenn man sich mit unrechtem Gut schleppt, wenn man sich mit solchen Gewissenslasten trägt. Wie oft habe ich dann gehört: »Das machen sie alle.« Das weiß ich wohl, daß man sich aus solchen Unredlichkeiten gewöhnlich nicht viel macht, – bis der Heilige Geist auf einmal auf solche dunklen Punkte Licht fallen läßt, bis man erkennt: Ich habe gestohlen!

Daß ich davor bewahrt geblieben bin, daß es bei mir nicht hieß: »Das machen sie alle!« das danke ich dem alten Juden und seiner Ohrfeige. Er hat mich dadurch vom Weg des Unrechts abgehalten und mir Erkenntnis der Sünde beigebracht. Die Lektion war wohl schmerzhaft, aber sie war mir gesund. Und ich danke Gott für diese gesegnete Ohrfeige.

Ein verlorenes Jahr

Es war ein paar Tage nach Neujahr, da kam ein Brief an für meinen Vater. Er war verreist. Aber meine Mutter dachte, es sei eine Rechnung darin, darum machte sie den Brief auf. Es war ein Brief von meinem Klassenlehrer. Er teilte meinem Vater mit, daß ich mir ein sehr schweres Vergehen habe zuschulden kommen lassen, welches sehr leicht mein Verbleiben auf der Schule unmöglich machen könne. Er forderte meinen Vater auf, zu ihm zu kommen, um die Sache zu besprechen.

Meine Mutter fragte mich: »Was hast du denn gemacht?« Und ich antwortete: »Ich weiß von nichts.« »Aber er könnte doch nicht so schreiben, wenn du nichts gemacht hättest!« Ich blieb dabei, ich wisse von nichts.

Zu der in dem Brief angegebenen Stunde ging mein ältester Bruder mit mir zu dem Lehrer.

»Es wird sich nur darum handeln«, sagte der Lehrer in großer Erregung mit einem Blick auf mich, »ob er die Wahrheit sagen wird.« Ich versicherte, das zu tun. Dann kam es heraus, wessen er mich beschuldigte. »Er hat mir nämlich zu Neujahr eine Anzahl von sogenannten Witzkarten geschrieben, die gemeine Beleidigungen enthalten.« »Auf Ehre und Gewissen, das habe ich *nicht* getan« antwortete ich.

Aber meine Erklärung hatte kein Gewicht. Während ich draußen warten mußte, zeigte der Lehrer meinem Bruder die Karten und verglich die Adresse derselben mit der Schrift in meinen Heften. Und auf dieser Ähnlichkeit der Handschrift ruhte sein Verdacht, den er als eine Tatsache aussprach.

Es gab eine lange Untersuchung, bei der nichts

herauskam. Ich beteuerte meine Unschuld; aber ich fand keinen Glauben. Ich wurde nicht bestraft, weil man keine Beweise bringen konnte. Und darum hat sich auch der Täter nie gemeldet. Es blieb auf mir sitzen.

Das war ein schweres Vierteljahr, das ich noch bei diesem Lehrer zubrachte. Gewiß für beide Teile schwer. Er war ja von meiner Schuld und von meiner Verlogenheit überzeugt. Und ich wußte, daß mir Unrecht geschah. Das Ende war: Ich blieb sitzen. Ich mußte die Klasse noch einmal durchmachen.

Das war ein verlorenes Jahr. Und doch war ich froh, daß ich nicht mehr bei diesem Lehrer sein mußte. Denn wäre ich versetzt worden, dann hätte ich ihn behalten.

Ein verlorenes Jahr, und doch war es nicht verloren für mich. Ich bin Gott auch für dieses Jahr dankbar. Denn da bekam ich eine Predigt, wie sie eindringlicher gar nicht sein konnte: wie gemein doch die Hinterlist ist. Wie habe ich alles heimliche und versteckte Wesen in dieser schweren Führung hassen gelernt! Wie schändlich, daß der Schüler dem Lehrer diese gemeinen Karten schickte, und wie schändlich, daß er sich nicht meldete und mich jahrelang, solange ich auf dieser Schule war, unter dem Verdacht einhergehen ließ, der Täter zu sein! Ich sagte mir: Nie schreibst du etwas, und nie sagst du etwas, wofür du nicht mit deinem Namen und deiner Person eintreten kannst und willst.

Wenn ich jedes namenlose Schreiben, jedes Reden hinter dem Rücken hasse, dann danke ich das diesem »verlorenen Jahr«.

Wie oft, wenn ich meiner Frau einen Brief vorlese, den ich abschicken will, sagt sie zu mir: »Das muß man sagen: Ehrlich bist du; ich möchte fast sagen:

Brutal ehrlich! Ich wüßte niemand, der den Leuten so offen, so unverblümt die Wahrheit sagte.«

Das habe ich in jenen Jahren gelernt. Und ich bin dankbar dafür. Denn als Seelsorger braucht man nichts so sehr wie ganze, volle Offenheit. Mit Halbheiten ist den Menschen nicht gedient. Sie haben Anspruch auf die ganze Wahrheit.

Darum war es kein verlorenes Jahr für mich. Gott hat es gebraucht, um mich durch diese Führung, so schwer und schmerzlich sie mir auch war, zu erziehen für meinen Beruf, in dem ich ihm dienen sollte: als Schriftsteller und Seelsorger.

Verkannte Wohltäter

Wer sind die verkannten Wohltäter? Das sind die Menschen, durch die uns Schweres zugefügt worden ist, die uns wehe getan und gekränkt haben.

Aber ich habe sie erst gar nicht für Wohltäter gehalten. Ich habe mich über sie geärgert. Ich habe über sie geseufzt und geklagt. Ja, sie haben mir den Schlaf in der Nacht geraubt. Oftmals und lange Zeit, bis ich endlich dahinter kam, daß es nicht meine »Feinde« waren, wie ich gedacht, sondern meine Wohltäter. Man wird es gewiß verstehen, daß ich diese Wohltäter nicht genauer zeichne. Auch nicht andeutungsweise kann ich von ihnen reden. Denn zum Teil leben sie noch, und es wäre nicht schön, wenn ich ihnen für den Dienst, den sie mir geleistet haben, dadurch dankte, daß ich sie so bezeichne, daß die Leute schlecht über sie reden könnten. Nein, das tue ich nicht. Wenn ich auch viel zu erzählen hätte unter dieser Überschrift, ich will es doch nicht tun.

Sieh mal, eins ist gewiß: Gott hat ein Ziel mit uns, das er gern erreichen möchte. Er möchte uns dem Lammesbild seines Sohnes ähnlich machen. Wenn aber dieses Bild des Lammes bei uns in Erscheinung treten soll, dann muß alles das beseitigt werden, was damit nicht übereinstimmt. Und dabei leisten uns die Menschen, die uns Schweres zufügen, sehr wesentliche Dienste. Oder würden sich bei uns wohl Sanftmut und Demut und Langmut entfalten können, wenn wir nicht den groben und unfreundlichen Nachbarn hätten? All die unangenehmen und unbequemen Menschen müssen mit daran arbeiten, daß der Plan Gottes mit uns in Erfüllung gehe. Darum sind sie in Wirklichkeit unsere Wohltäter, die uns erziehen helfen, daß wir dem Lammesbild ähnlich werden.

Als ich dafür den Blick gewann, wurde mein Leben so frei und froh. Da hörte der Ärger auf. Da erkannte ich, daß Gott sie in mein Leben hineingestellt hat und daß er mich durch sie erziehen wollte. Und als der Ärger aufhörte, fing das Denken an. Da lernte ich es, diese Menschen mit Dank aus der Hand Gottes zu nehmen.

Du meinst, das sei doch übertrieben? Aber nein! An die Epheser schreibt Paulus: »Saget Dank allezeit und für alles!« Und an die Thessalonicher schreibt er: »Seid dankbar in allen Dingen, denn das ist der Wille Gottes in Christo Jesu an euch.« Nicht wahr, wenn das der Wille Gottes ist, daß wir in allen Dingen dankbar sind, daß wir allezeit und für alles danken sollen, dann – müssen wir es doch auch tun!

Ich wollte nur, ich hätte es früher gewußt, daß diese Menschen meine Wohltäter waren, berufen, mich zu erziehen! Ich hätte mir viel Kummer und Herzeleid sparen können. Wie lange habe ich darunter gelitten mit Ach und Weh! Aber als ich gelernt hatte, sie als meine Wohltäter anzusehen, sie aus Gottes Hand anzunehmen, da konnte ich dafür danken, und – ich stand darüber, ich hatte Sieg.

Einmal stand einer von diesen meinen Wohltätern mit einem anderen zusammen. Das Gespräch kam auf mich. Mein Wohltäter sprach sehr schlecht von mir. Er sprach mir wohl auch den Himmel und die Seligkeit ab. Da sagte der andere, der bis dahin dem »Wohltäter« immer zugestimmt hatte: »Das glaube ich aber doch, daß er in den Himmel kommt!« Da sagte mein Wohltäter: »Das will ich Ihnen sagen: Wenn *der* in den Himmel kommt, dann will ich nicht hinein!«

So weit ging sein Haß.

Und ich? Ich kann in Wahrheit sagen: Wenn ich in den Himmel komme und begegne dort meinem Wohltäter, – ich hoffe von Herzen, daß ich ihm dort begegne, – dann werde ich auf ihn zugehen und ihm die Hand schütteln und ihm sagen: »Lieber Bruder, dir möchte ich ganz besonders danken! Du bist mir ein wirklicher Wohltäter gewesen. Du hast mich die schwere Kunst gelehrt, klaglos im Unrecht zu schweigen; du hast mich genötigt, mich an den Herrn zu klammern wie nie zuvor. Ich kann es gar nicht alles sagen, was ich durch dich gelernt habe. Du bist einer meiner Erzieher gewesen; du hast mir viel geholfen auf dem Weg zur Seligkeit!«

Ich wünschte nun, du lerntest die unangenehmen und unsympathischen Menschen auch so zu sehen, wie ich sie anzusehen gelernt habe. Recht betrachtet, sind sie wirklich unsere Wohltäter, die Gott gebraucht, um uns zu erziehen, damit wir verwandelt und in das Lammesbild seines Sohnes gestaltet werden. Und nicht wahr, an dieses Ziel willst du doch? Nun, dann mußt du dir auch den Weg gefallen lassen, der dorthin führt!

Das Leid

Einen Erzieher muß ich auch nennen, dem ich viel zu verdanken habe. Das ist das Leid.

Ja, wenn es bei uns anklopft und Einlaß begehrt, dann ist uns sein Besuch wohl sehr unwillkommen. Und danach sehen wir doch ein, daß auch das Leid als ein Bote Gottes kam, um uns zu erziehen, damit wir tauglich würden für unseren Dienst auf Erden.

Als es zum erstenmal bei mir einkehrte, da war ich des Leides noch sehr ungewohnt. Da konnte ich mich gar nicht darein finden, daß es so lange blieb und gar keine Anstalten machte, mich wieder zu verlassen. Bis dahin war mein Leben so sonnig verlaufen, keinerlei Störung und Trübung hatte das junge, glückliche Heim beeinträchtigt. Denn die Kinderkrankheiten, die kamen, verliefen leicht und – was die Hauptsache war – wurden gemeinsam getragen und durchgebetet. Aber nun kam das Leid und legte die liebevolle Gattin, die treusorgende Mutter der Kleinen, auf ein Lager der Schmerzen.

Ein Anfall von Gelenkrheumatismus schien bald vorüberzugehen. Eine Badekur sollte Hilfe und Heilung bringen. Aber die erwartete Hilfe kam nicht. »Ich weiß nicht, ob Sie sich die Sache ernst genug vorstellen«, sagte eines Tages der alte Sanitätsrat zu mir. »Wenn Ihre Frau sich im geringsten überanstrengt, etwa mal zu schnell zum Bahnhof geht oder dergleichen, kann sie plötzlich tot umfallen. Damit werden Sie immer rechnen müssen.« Da wußte ich, daß das Leid nicht mehr fortgehen, sondern bei mir bleiben würde. Und es blieb. Lange, bange Monate. Die Gebetsgemeinschaft, die wir so lange gehabt hatten, hörte auf. Wir konnten nur noch *für* sie beten, aber nicht mehr *mit* ihr – ihre Krankheit nahm sie bald so völlig in Anspruch, daß die Außenwelt für sie versank.

Das Leid wich und wankte nicht, bis es der müden Dulderin die Augen zugedrückt hatte.

Aber – das Leid war nicht umsonst bei uns eingekehrt. Es war wenige Tage vor ihrem Heimgang, da ließ die Kranke ihre Kinder an ihr Bett bringen – drei kleine Mädchen –, legte jedem die Hand auf das Köpfchen und sprach über ihnen ein Wort Gottes und einen Segenswunsch. Danach gab sie ihrem Gatten die Hand und sagte, mit liebevollem Blick ihn anschauend: »Wir sind sehr glücklich zusammen gewesen; aber nun bin ich los von euch allen.« Und dann schaute sie himmelan und sprach: »Komm, Herr Jesu!«

Wie hängt sonst ein Mensch, namentlich in jüngeren Jahren, am Leben! Hier hatte das Leid sein Werk getan und das Herz gelöst von all den Fäden, die sie mit dem Leben verbanden, um sie einzig und allein an ihren Heiland und Herrn zu binden.

Und wie das Leid bei ihr seinen Zweck erreicht hatte, so darf ich auch bekennen, daß es mir Segen gebracht hat. Noch heute hängt an meiner Wand ein Spruch, der aus jener Zeit stammt. Eigentlich ist es kein Spruch, es ist nur ein einziges Wort. Das heißt: »Dennoch!« Das ist das »Dennoch« aus dem 73. Psalm: »Dennoch bleibe ich stets an dir.«

Ich weiß nicht mehr, wer mir damals dieses gebrannte und gemalte Wort geschenkt hat; – in so einer Zeit, die von einem einzigen großen Gedanken beherrscht und erfüllt wird, vergißt man so viel; – aber ich weiß, daß es eine Erinnerung war an eine Predigt, die ich kurz nach dem Heimgang meiner Frau hielt. Es war Totenfest. Alle dachten, an dem Tage würde ich mich gewiß vertreten lassen, die

Wunde sei doch zu frisch. Aber ich fühlte, daß ich predigen *mußte*. Der Herr gab mir das Wort: »Wenn ich nur dich habe, so frage ich nichts nach Himmel und Erde, und wenn mir gleich Leib und Seele verschmachten, so bist du doch, Gott, allzeit meines Herzens Trost und mein Heil.« Und wenige Verse vorher steht das »Dennoch« des Glaubens, des Durchhaltens in Not und Tod.

Was ich sagte? Ich weiß es nicht. Ich redete nicht nach einem geschriebenen Konzept; ich sprach aus der Erfahrung der jüngsten Vergangenheit heraus, aus dem großen Schmerz über den Verlust einer treuen Gefährtin und aus der größten Freude über den Besitz eines solchen Helfers und Heilands. Hatte ich doch in dieser Zeit den Psalmisten Asaph verstehen gelernt wie nie zuvor, und konnte ich doch nun von ganzem Herzen mit ihm einstimmen: »Wenn ich nur dich habe, so frage ich nichts nach Himmel und Erde.«

Wer das an Sarg und Grab von Herzensgrund sagen kann, dem hat das Leid einen Segen gebracht, denn es hat ihn inniger und fester mit Gott verbunden. Was auch kommen mag: »Dennoch bleibe ich stets an dir!«

Und ich merkte bald, daß das Leid noch etwas anderes bei mir ausgerichtet hatte. Nicht nur dieses war die Frucht seines langen Weilens unter meinem Dach, daß ich fester mit dem Herrn verbunden wurde, ich erfuhr auch, daß mein Dienst dadurch innerlicher und tiefer geworden war. Wenn Menschen in Trübsal und Leid gerieten, dann kamen sie gern zu mir. Sie sprachen es aus, wenn sie kamen: »Sie wissen, wie es tut.«

Ja, das war der andere Segen, den mir das Leid gebracht: Ich wußte es, wie weh es tat. Ich konnte mitfühlen und mittragen, mittrauern und mitweinen.

Das will erst gelernt sein. Das kann man nicht, wenn man nur sonnige Wege gegangen ist. Das lernt man erst in dem dunklen Tal, in dem man mit dem Psalmisten erfährt: »Und ob mir gleich Leib und Seele verschmachten.«

So blicke ich zurück auf die Erfahrung, die mir damals das Leid gebracht hat, und sage dankbar: Trübsal ist Segen. Das Leid nimmt nicht nur, es gibt uns auch. Es nimmt zeitliche Freuden und vergängliche Stützen, aber es gibt Ewigkeitswerte und tiefe Segnungen. –

Die Jahre vergingen. Gottes Gnade baute das zertrümmerte Heim wieder auf und gab mir wieder eine Gefährtin. Und er schenkte wieder glückliche Jahre, sonnige Zeiten.

Da – ganz unerwartet – klopfte das Leid wieder an.

Nach langer und schwerer Winterarbeit sehnte ich mich nach einer Zeit der Stille und Ruhe. Hinter meiner Frau lag eine lange und anstrengende Krankenpflege. So brauchte sie auch die Erholung sehr nötig. Wir beschlossen, anschließend an einen Dienst, den ich zu tun hatte, einige Zeit auszuspannen.

Wir kamen in der Schweiz gerade von einem Ausflug zurück, da fanden wir ein paar Telegramme vor, die uns sagten, daß unser ältester Sohn schwer erkrankt und daß unsere Rückkehr dringend erwünscht sei.

Mit dem nächsten Zug fuhren wir nach Hause. Gott erhörte unsere Gebete, die wir unterwegs immer wieder an ihn gerichtet hatten, er möchte doch geben, daß wir unsern Jungen noch lebend träfen, und daß er uns noch kennen möchte.

Er lebte noch, und er kannte uns noch. Er streckte die Arme – ach wie abgezehrt waren sie – nach Vater und Mutter aus und zog sie zu sich nieder und gab ihnen letzte Küsse der Liebe und Wiedersehensfreude.

Die ärztliche Wissenschaft sagt, daß diese Krankheit gewöhnlich in wenigen Tagen zum Tode führt. Aber wir durften unsern Jungen noch vierzehn Tage haben, durften noch kostbare Worte aus seinem Mund hören und sehen, wie wunderbar Gott ihn ausreifen ließ und zubereitete für die Herrlichkeit.

Auch dieses Leid hat bei uns, den Eltern, etwas ausgerichtet. Es war an einem der letzten Tage der Krankheit, da sagte meine Frau mir ein Wort, das vergesse ich nie. »Wenn jetzt der Herr Jesus zu mir käme und fragte: Was soll ich tun? Soll ich ihn euch nehmen – oder soll ich ihn euch lassen? – Ich könnte doch nur antworten: Herr, wähle du für mich! Du weißt, was am besten für ihn und uns ist!«

Wer so sprechen kann, dem hat das Leid einen Segen gebracht. Denn wer so spricht, der ruht in kindlichem Vertrauen in der Liebe Gottes.

Der Tag der Beerdigung war gekommen. Wir saßen zusammen in meinem Arbeitszimmer, meine Frau und ich. Wir gestanden uns gegenseitig: »Ich habe gar keine Kraft; ich bin ganz am Ende.« Und doch hatte ich es mir ausgebeten, am Sarge und Grabe meines Jungen selbst zu sprechen. Wie sollte das werden? Sollten die Leute sagen: Da hat er sich etwas vorgenommen, was er nicht durchführen konnte? Das ging doch nicht. Da blieb nichts anderes übrig: Wir klammerten uns an Jesus unseren Herrn.

Und – er gibt den Müden Kraft und Stärke genug den Unvermögenden. Das ist wahr. Ich konnte am Sarg stehen und erzählen, wie Gott sich in dem Leben dieses Knaben so wunderbar verherrlicht habe, und ich konnte an seinem Grab stehen und den Herrn preisen, der alles wohlgemacht habe. Die Leute verwunderten sich und sprachen: Der muß aber ein festes Herz haben!

Und als wir dann im Allianzhaus mit den Gästen zusammensaßen, und noch manches gute Wort aus der Heiligen Schrift hörten, da sagte Schwester Eva von Tiele-Winckler, es würde doch schön sein, wenn die Mutter uns noch etwas erzählen würde von der reichen Gnade, die der Herr in dieses Kinderleben hineingelegt habe. Und – da stand die Mutter auf und bezeugte, was Christus, der Herr, an ihrem Kind getan hatte.

Und dann habe ich, gedrängt durch Mutter Eva, das Büchlein geschrieben, was von dem Leben unseres heimgegangenen Sohnes erzählt. Das war nicht leicht, es zu schreiben. Es kostete viel Gebet. Aber dann ging es. Dann floß es wie von selbst.

Kaum war das Büchlein erschienen, da war es auch schon vergriffen. Eine Auflage folgte der andern. Es wurde ins Ungarische übersetzt und ins Schwedische, ins Dänische und ins Holländische. Ich weiß nicht, in welche Sprachen sonst noch. Und immer wieder kamen Briefe, die Kunde gaben von dem wunderbaren Segen, den Gott auf dieses Kinderleben gelegt hatte.

Sonntagsschullehrer lasen es den Kindern vor – und ganze Gruppen wurden dadurch erweckt. Vielen Kleinen und Großen wurde der Heimgegangene so ein Wegweiser zu dem guten Hirten, zum Freund der Kinder.

Während einer Reise in der Schweiz drückte mir ein Bauer mit besonderer Kraft die Hand. »Durch das Büchlein von Ihrem Werner ist meine Frau zum Glauben gekommen – und dann ist sie selig heimgegangen.«

In einer Buchbesprechung hieß es, durch das kleine Büchlein habe der Junge mehr gepredigt als sein Vater auf all seinen Reisen. Das ist gewiß wahr.

Ist das nicht ein Segen des Leides?

Wir schauen zurück und wir beten Gott an. Auch wenn er uns das Leid schickt, hat er uns lieb, ja dann gerade! Er macht keine Fehler. Und er ist immer derselbe: immer Liebe, lauter Liebe, nur Liebe.

So wollen wir nach solchen Erfahrungen der Vergangenheit ihm die Zukunft getrost befehlen, stets davon überzeugt, daß alle seine Wege recht und gut sind, all sein Tun weise und vollkommen.

Und wenn er wieder Leid schickt zu mir oder zu dir, dann wollen wir nicht erschrecken. Dann wollen wir es willkommen heißen in dem Bewußtsein: es kommt von Gott und führt zu Gott. Es will uns im Namen Gottes erziehen und zubereiten für unsere Aufgaben auf Erden und für unseren Platz im Himmel.

Darum: Gelobt sei Gott – für alles!

Wir haben einen Gott, der da hilft!

Als ich zum Leiter des Allianzhauses in Bad Blankenburg berufen wurde, galt es, allergrößte Schwierigkeiten zu überwinden. Aber es ist gut, zu erleben, wie unsere Verlegenheiten Gottes Gelegenheiten sind. Er hat uns durch alles ganz wunderbar hindurchgeführt. Wir haben es wirklich erfahren: Wir haben einen Gott, der da hilft!

Den Wundern Gottes zuzuschauen, das ist hochinteressant! Da könnte ich aus jener Zeit viel erzählen, so viel habe ich erlebt.

Das erste Jahr brachte den Hallenbau. Das ist allein schon eine ganz wundervolle Geschichte. Der ist in acht Wochen hergestellt worden. Es klingt kaum glaublich, aber es ist die Wahrheit.

Die Allianz-Konferenz wuchs von Jahr zu Jahr so sehr, daß wir nicht mehr wußten, wo wir mit den Leuten hin sollten. In einem Jahr mußten wir immer Parallelversammlungen halten. Das war natürlich nicht sehr angenehm. Zuerst hielten wir oben in der offenen Speisehalle Versammlungen, dann unten im Rathaus in der Stadt. Aber es war doch nur ein Notbehelf. Wir mußten uns entschließen, einen neuen größeren Raum zu schaffen. Ein Umbau der alten Halle war nicht möglich, dafür waren die Fundamente und die Fachwerkwände nicht stark genug. Wir hätten dann solche Verstärkungsbauten vornehmen müssen, daß der Umbau geradesoviel gekostet hätte wie ein Neubau. Anbauen konnten wir auch nicht, denn unmittelbar neben der Halle steigt der Berg empor. Davon ein Stück abzutragen, das hätte zu viel gekostet.

Nach langen Überlegungen und Erwägungen wurde dann endlich beschlossen, im Glauben voranzugehen, und eine neue Halle zu bauen. Wir brauchten nicht nur einen größeren Versammlungsraum, wir brauchten auch allerlei Nebenräume, z. B. einen für die Buchhandlung, ein Zimmer für die Sitzungen des Komitees, eine Buchhalterei usw. Diese Räume dienen jetzt für Freizeiten. Das alles haben wir nun in der neuen Halle.

Wir mußten lange auf die Baukonzession warten. Ich weiß noch, ich war im Juni auf der Konferenz von Tersteegensruh, da bat ich die Brüder, die auf der Konferenz mit dem Wort dienten, sie möchten doch mit mir beten, daß wir bald die Baugenehmigung bekämen. Da war ein lieber alter Bruder, der sagte mir: »Bruder Modersohn, wenn Ihr jetzt noch nicht angefangen habt, dann ist es unmöglich, daß die Halle bis Ende August fertig wird.« Ich antwortete: »Sie muß aber fertig werden und sie wird auch fertig werden. Das ist des Herrn Sache. Wenn sie nicht fertig wäre zur Konferenz, wie würde dann die Welt lästern! Darum bin ich auch gewiß, die Halle wird fertig.« Die Brüder halfen mir dann auch beten, daß Gott helfen möchte, daß die Bauerlaubnis bald käme und daß die Halle bis zur Konferenz fertig würde.

Als ich zurückkam, hatte man schon mit den Ausschachtungsarbeiten angefangen. Mitte Juni etwa war es, daß wir die Erlaubnis zum Bau erhielten. Nun ging es frisch voran. Die Mauern des Unterstokkes wuchsen bald aus der Erde heraus. Aber als die Grundmauern bis zur Höhe des ersten Stockwerkes fertig waren, – da ging es mit einem Male nicht mehr weiter. Die langen eisernen Träger blieben aus, welche über den Unterbau gelegt werden sollten. Auf unsere Anfrage bekamen wir die lakonische Antwort, die Eisen könnten vorläufig nicht gewalzt werden. Ein Termin, bis wann sie denn geliefert werden könnten, wurde gar nicht angegeben. Da war nun guter Rat teuer. Endlich wurden solche Eisen aufgetrieben. Kostbare Tage waren verlorengegangen; über eine Woche, vielleicht zwei Wochen waren vergangen.

Dann kam eine neue Schwierigkeit. Die Firma, welche die hundertundacht eisernen Fenster liefern sollte, teilte mit, daß sie dieselben frühestens Mitte September liefern könnte. Sie hatte die Lieferung früher zum 1. August versprochen. Mitte September – das waren vierzehn Tage nach der Konferenz. Das ging also nicht. Der Architekt reiste hin und sagte, die Fenster müßten unbedingt früher kommen.

Es blieb uns also nichts anderes übrig, als es Gott im gemeinsamen Gebet zu sagen. Jeden Morgen kam ich mit unserem Buchhalter zum Gebet zusammen. Ich vergesse es nie, wie er betend dem Herrn vorrechnete, wann die Fenster da sein müßten. Das Resultat war, daß er betete: »Herr Jesus, der 15. August wäre wohl der letzte Termin. Bis dahin müßten wir sie unbedingt haben!«

Und was geschah? Als ich am Morgen des 15. August auf den Bahnhof ging, um eine nötige Reise zu machen, da rumpelten und rasselten unsere Fenster daher! Der Herr hatte unser Gebet auf den Tag genau erhört!

Aber es kommt noch besser! Plötzlich erklärte die Firma im Harz, bei der wir die Sitze bestellt hatten, es sei unmöglich, dieselben früher als am 25. August zur Bahn zu geben. An diesem Tag könnten sie den ersten Waggon abrollen lassen. Damit war uns natürlich nicht gedient. Selbst wenn der Waggon in zwei Tagen hier gewesen wäre, – was hätten wir nur mit einem Teil der benötigten Sitze machen sollen? Wir erklärten also, die Sitze müßten am 27. August spätestens alle hier sein. Der 27. August war aber der Tag der Eröffnung der Konferenz und der Tag der Einweihung der Halle! Die Firma antwortete, es sei keine Menschenmöglichkeit, das auszuführen. Aber wir rechneten nicht mit Menschenmöglichkeiten, sondern mit Gottes Möglichkeiten, und die sind unbeschränkt. –

Nun, wir beteten um die Sitze jeden Tag. Wann kamen sie? Die ersten Waggons kamen am Sonnabend an, zwei Tage vor der Eröffnung, die letzten kamen am Montagvormittag. Am Abend sollte die Einweihung sein! Es war ja spät, aber es ging noch!

Nun stellte sich heraus, daß die Stühle alle nicht paßten. Die Halle ist, dem Gelände entsprechend, bergan gebaut wie in einem Amphitheater. Nun war zuerst geplant worden, die Stufen sollten waagerecht sein. Wie die Sache aber ausgeführt wurde, da zeigte sich, daß die Stufen dann sehr hoch werden mußten, und das wäre nicht nur sehr unbequem, sondern auch gefährlich gewesen. Also wurden die Stufen nicht waagerecht, sondern schräg ansteigend gemacht.

Die Stühle waren aber für waagerechte Bodenflächen hergestellt. Als sie nun aufgestellt wurden, waren sie infolge der ansteigenden Stufe hinten höher als vorne. Wenn man sich darauf setzte, klappte man nach vorn über. Was nun tun? Von jedem hinteren Stuhlbein einenhalb bis zwei Zentimeter absägen, – wieviel Zeit hätte das gedauert? Das war nicht möglich. Also mußten Latten unterlegt werden, um sie vorn höher zu machen. Schnell Maß nehmen und dann in die Sägemühle, um solche Latten anfertigen zu lassen! Am letzten Tage!

Es kam uns gut zustatten, daß der Beton des Bodens so frisch war, daß man die Latten einfach in den Beton hinein festnageln konnte.

Unter jedem Stuhl ist ein Bügel angebracht, in den die Herren ihre Hüte hineinschieben können, um sie nicht während der Versammlung auf den Knien halten zu müssen. Die Bügel mußten nun auch noch angenagelt werden, etwa 1500-1600 Stück! Alles am letzten Tag!

Aber ich muß zurückgreifen. Während wir die neue Halle bauten, wurde die alte Halle zur Speisehalle umgewandelt. Aus dem früheren Podium wurde eine Küche und ein Anrichteraum gemacht. Die neue Halle nahm so sehr alle unsere Aufmerksamkeit in Anspruch, daß wir an die alte kaum dachten.

Eines Tages fragte mich unsere Wirtschafterin: »Haben Sie schon die Herdplatte bestellt für die Küche in der alten Halle?« »Nein«, antwortete ich, »ich dachte, das hätten Sie getan!« »Nein«, entgegnete Sie, »das wollten Sie ja machen!« Jetzt war die Not groß. Wenn wir nun keine Herdplatte mehr bekämen! Die mußte ja erst gegossen werden! Was nützt eine Küche ohne Herdplatte?

Da mußte wieder gebetet werden. Und wie ging es weiter? Als die Herdplatte bestellt wurde, da fragte der Lieferant: »Wie groß soll sie denn sein?« Nachdem er die Maße hörte, schmunzelte er und sagte: »Das trifft sich ja! Da habe ich einmal eine solche Platte liefern müssen, – und nachher paßte sie nicht. Die hat genau Ihre Maße. Die habe ich fertig daliegen.« Wie freundlich sorgt unser Gott! Da wußte er, daß wir im Drange der Geschäfte vergessen würden, die Herdplatte zu bestellen, da hatte er beizeiten vorgesorgt! Ist das nicht wunderbar?

Die Halle sollte elektrisches Licht haben. Aber der Mann konnte nicht anfangen, es war ja nichts fertig! Er sagte, er brauche vier Wochen, um die Beleuchtungsanlage zu machen. Wir sagten: »Wir geben Ihnen vierzehn Tage!« – Und die Anlage wurde auch in *der* Zeit fertig. Am Abend der Eröffnung erstrahlte die Halle in hellem, elektrischen Licht.

Aber ich eile immer wieder voraus! Der Montag vor der Eröffnung war gekommen. Also noch sechs Arbeitstage lagen vor uns. Wie sah es da in der Halle aus! In der Mitte der Halle standen Erdhaufen, sechs Fuß hoch, die noch nicht abgetragen waren. Da war noch kein Beton auf dem Boden. Es sah wüst aus. Einen Augenblick wollte mir tatsächlich der Mut sinken. Aber dann dachte ich daran, wie der Herr in sechs Tagen Himmel und Erde gemacht habe, und da beteten wir zu ihm: »Herr, wenn du in sechs Tagen die Welt geschaffen hast, dann kannst du auch in sechs Tagen unsere Halle fertigmachen.« Er hat es auch getan. Wir haben gesehen, daß er Wunder tun kann, auch heute noch.

Eins habe ich noch vergessen. Eines Morgens fragte mich die Leiterin unseres Hospizes: »Haben die Brüder schon an ein Harmonium für die neue Halle gedacht?« Nein, daran war noch nicht gedacht worden. Ich hatte so viel für die Halle zu beten und zu denken, an das Harmonium hatte ich noch gar nicht gedacht. Da kommt ein Brief. Ich weiß nicht mehr, war es am selben Tage oder am andern, da fragte die Firma Brüning & Bongardt an, ob sie uns für die Konferenz ein Harmonium leihen und kostenfrei herschicken dürfte. So sollte es auch für jede kommende Konferenz gehalten werden. Ja, das haben wir gern erlaubt. »Ehe sie rufen, will ich antworten.« Das haben wir da erfahren.

Zum Freitagabend reiste mein Vater, ein alter

Baumeister, an. Als dieser am Samstagmorgen die Halle besah, schüttelte er den Kopf und fragte: »Meinst du, die Halle werde fertig bis übermorgen?« »Das *meine* ich nicht; aber das *glaube* ich«, antwortete ich ihm.

Es sah wüst genug aus. Der Beton des Bodens war erst zum Teil fertig. Das Podium hatte noch kein Geländer. Kein Stuhl in dem ganzen großen Raum! Und vor der Halle ein wüster Schutthaufen, kein Weg, kein Steg.

Am Montagmorgen kamen die Architekten, denen der Bau übergeben war. Sie dachten, sie fänden alles fertig. Und nichts war fertig. Wir gingen zusammen zu den beiden Gärtnern: »Können Sie bis heute mittag eine Fuhre kleiner Tannenbäumchen liefern?« Es gab erst noch Rede und Gegenrede: aber die Tannen kamen – und am Nachmittag waren aus dem wüsten Schutthaufen romantische tannenbestandene Hügel geworden!

Und dabei regnete es, regnete es unaufhörlich! Das ging unmöglich. Wenn die Leute auf dem frischen, kalten Beton sitzen würden bei nassem Wetter, dann würden sich gewiß manche erkälten. Nun mußte auch noch um gutes Wetter gebetet werden. Und der Herr gab auch das. Strahlender Sonnenschein leuchtete uns während der ganzen Tage. Es war herrlich.

Wir hatten immer gebetet, daß Gott geben möchte, daß die Halle am Montagabend um acht Uhr fertig wäre. Mit einem Male äußerte das Komitee, schon um sechs Uhr mit einer Gebetsstunde die Halle einzuweihen. Ich sagte: »Wir wollen sehen, ob das geht! Wir haben immer gebetet, daß sie um acht Uhr fertig sein möchte. Ob sie nun schon um sechs Uhr fertig ist, weiß ich nicht.« Mit aller Kraft wurde nun weitergearbeitet. Da wurden noch Latten auf den

Boden genagelt, um darauf die Sitze zu befestigen, da wurden die Bügel unter die Stuhlsitze geschlagen, da wurden Kokosläufer herbeigeschleppt, um die Gänge zu belegen. Da wurden Lorbeerbäume und Blumen herbeigeschafft, um der Halle ein festliches Gepräge zu geben. Kurz, es ging bunt her. Aber um halb sechs Uhr sah ich: bis um sechs Uhr sind wir nicht fertig, es muß bei acht Uhr bleiben.

Aber um sieben Uhr war alles so weit, daß wir Feierabend machen konnten. Die Halle war fertig. Nun war gerade noch eine Stunde Zeit, daß man schnell Abendbrot essen, den Werktags- und Arbeitskittel abtun konnte. Es war noch eine Stunde Zeit bis zum Beginn.

In strahlendem Licht lag die Halle da, festlich geschmückt. Ein allgemeines »Ah!« des Staunens. Es war ein wunderbarer Abend, der mir unvergeßlich bleiben wird, ebenso all denen, die ihn miterlebt haben.

Und die Halle war durchaus nicht zu groß. Sie war am ersten Abend voll und sie blieb die ganzen Tage voll. In den fast fünfzig Jahren ist sie immer voll gewesen. Und – sie hat gerade immer ausgereicht. Es kamen nie weniger Leute und es kamen auch nie mehr Leute, als die Halle aufnehmen konnte – ein Zeichen, daß ebenso in dieser Hinsicht der Herr über dem Bau der Halle gewaltet hat.

So steht die Halle da als ein Denkmal der Gnade Gottes, der Gebet erhört und Wunder tut. Das hat er beim Bau der Halle bewiesen, ebenso in vielen Jahrzehnten, in denen nun die Versammlungen in diesem Raum stattgefunden haben.

Unvergeßlich aber hat sich mir vom Hallenbau her mit all seinen Nöten und Schwierigkeiten eingeprägt: Gott ist ein Hörer des Gebets – und wir haben einen Gott, der da hilft!

Mein Museum

Es war an einem Tag nach der Blankenburger Konferenz, da war die bekannte Schriftstellerin Käthe Dorn bei uns zu Gast. Da sagte sie:

»Es muß doch für Sie sehr interessant sein, so viele Reisen zu machen. Gewiß erleben Sie dabei allerlei.«

»Das versteht sich! Es ist wahr: Wenn einer eine Reise tut, so kann er was erzählen. Ich habe einen ganzen Kasten voll interessanter Reiseerinnerungen. Den müßte ich Ihnen eigentlich zeigen. Sie sind ja immer auf der Jagd nach Geschichten.«

»Ach ja, bitte!« sagte sie.

So ging ich denn und holte »mein Museum«. Das ist ein ziemlich großer Kasten, der ganz voll ist von allerlei Gegenständen.

Wir saßen um den Tisch her. Ein Stück nach dem andern holte ich aus dem Kasten hervor und berichtete, wie ich dazu gekommen war.

Das erste, was herauskam, war eine Schnupftabakdose, noch halb gefüllt. Ich weiß nicht mehr, wo es war, vielleicht in Hamburg, da hatte ich eine Bibelstunde gehalten, in der ich über die Notwendigkeit einer ganzen und vollen Hingabe im Glauben gesprochen hatte. Unser Herz dürfte an nichts gebunden sein. Nichts dürfte trennend und hindernd zwischen uns und Gott stehen. Da kam nach der Stunde ein Mann zu mir ins Sprechzimmer und gab mir diese Dose und sagte: »Es ist mir klar geworden, daß das Schnupfen zwischen mir und Gott steht, daß mein Herz an diese Gewohnheit gebunden ist. Da bin ich eben zu dem Entschluß gekommen, mit dieser Gewohnheit zu brechen. Gott soll mein Herz endlich ganz haben. Ich muß mich schämen; ich bin schon so lange bekehrt; aber wirklich Gott hingegeben war ich bisher noch nicht. Das soll nun anders werden.«

Dabei gab er mir die Dose, um zu beweisen, daß ihm die Sache wirklich ernst sei. Er wollte einen ganzen und klaren Bruch mit seiner Gebundenheit.

So kam diese Dose in meine Sammlung, in mein Museum.

Die zweite Geschichte ist ganz ähnlich. Daran erinnert eine lederne Zigarrentasche, in der sich zwei Zigarren befinden, während in einer Papiertüte in der Tasche noch ein halbes Dutzend Zigarren stecken. Auf der Tüte steht die Firma eines Hamburger Zigarrengeschäftes. Ich habe nicht um die Zigarren gebeten, ich habe nicht einmal davon gesprochen. Es war nur von dem Ernst der Nachfolge Jesu die Rede und daß ohne Heiligung niemand Gott sehen könne. Kaum hatte ich den Kirchensaal in der Königstraße verlassen, da eilte ein Herr hinter mir her und sagte: »Hier! Nehmen Sie!« Ich war sehr verwundert, als ich sah, daß er mir eine gefüllte Zigarrentasche hinhielt. Ich dachte einen Augenblick, er wolle sie mir zum Rauchen anbieten. Aber dann sagte er: »Ich habe es schon längst gewußt, daß ich ein Sklave meiner Leidenschaft war. Aber ich konnte nicht los. Jetzt ist es mir eben wieder klar geworden, daß diese Sklavenketten um jeden Preis gebrochen werden müssen. Ich hatte mir vorhin erst ein halbes Dutzend Zigarren gekauft. Aber ich muß Schluß machen, ich muß *heute* Schluß machen! Wie steht doch in der Bibel? Ärgert dich dein Auge, so reiß es aus und wirf es von dir! Mir ist bange, wenn ich die Zigarren behalte, daß ich mich nicht doch vielleicht wieder verleiten lasse, dieselben zu rauchen. Darum bitte ich, nehmen Sie sie mit!«

Ja, auch solche Menschen, die erlöst sind durch

das teure Blut Christi, die hängen ihr Herz oft an so armselige Dinge, die bleiben Sklaven ihrer Gebundenheiten und Gewohnheiten.

Nummer drei redet auch davon.

Aus buntbemaltem Seidenpapier, das von den Zigarren sehr den Geruch angenommen hat, kommt ein Knochen zum Vorschein. Es ist aber kein richtiger Knochen, er ist nachgemacht, er ist aus Marzipan. Wie kommt der hierher? Es war in Blankenburg. Ich war noch der Leiter des Allianz-Erholungsheims. Da wurde mir dieser Knochen, schön eingewickelt, überreicht. Das junge Mädchen, das ihn mir gab, war wie von Glut übergossen. »Ich bin so gebunden an Süßigkeitenessen«, bekannte sie. »Ich muß immer etwas in der Tasche haben, um zu naschen. Heute hatte ich mir dieses Stück Marzipan gekauft. Aber eben in der Stunde habe ich mir gedacht: Was ist das doch eigentlich für eine Beleidigung für den Herrn Jesus, wenn ich so an Süßigkeiten gebunden bin! Es sieht doch gerade so aus, als ob er mir nicht genügte, als ob ich neben ihm noch etwas anderes haben müßte. Das darf nicht sein. Da habe ich eben dem Herrn gelobt, daß er mir genügen soll. Wollen Sie das Stück Marzipan mitnehmen, daß es mich nicht mehr in Versuchung bringt?«

Als ich es besah, merkte ich, daß sie auf den Knochen geschrieben hatte: »Götzenopfer!« Nun, dachte ich, wenn das ein Götzenopfer ist, dann ist es nicht für meine Kinder. Dann gehört der Knochen in meine Sammlung.

»Aber was ist das für ein schmutziger Briefumschlag? Was hat der zu bedeuten?«

»Ja«, lachte ich, »da ist ein Orden drin!«

»Ein Orden?« fragte Käthe Dorn ungläubig.

»Jawohl, ein Orden. Ich hatte eine Evangelisation in Mülheim gehalten, wo ich früher Pfarrer war. Dabei hatte sich eine Anzahl Leute bekehrt. Als ich wieder zu Hause war, bekam ich diesen Brief. Und aus dem Umschlag kam eine alte Zigarrentüte heraus, auf die ein Stück Pflaster geklebt war, wie man es bei Wunden braucht. Dabei lag ein Zettel mit den Worten – sehen Sie hier: »Der Flaster, der dabei liegt, können Sie sich auf den Mund legen, daß Sie die Leute nicht verrückt machen.«

Ist das nicht ein Orden? Enthält der Zettel nicht die Bescheinigung, daß Gott, der Herr, in der Umgebung dieses ergrimmten Briefschreibers Menschen zum Glauben geführt hat? Sonst wäre er doch nicht so grimmig! Und gewiß enthält der Zettel auch noch mehr als das. Es ist mir ein Beweis, daß dieser Mensch selbst einen Stachel im Gewissen bekommen hat. Er sieht, daß die andern »verrückt« sind von dem breiten Wege auf den schmalen, und sein Gewissen sagt ihm, daß das auch mit ihm geschehen muß. Darum hat er sich so erregt. Meine Frau meinte erst, ich solle den schmutzigen Brief doch fortwerfen, aber ich habe ihn in mein Museum getan. Immer, wenn ich es aufmache, freue ich mich über diesen Orden, und daß das Wort doch nicht leer zurückkommt. –

Das nächste Stück ist ein sogenannter »Himmelsbrief«. So steht auch groß darauf gedruckt. Schon die Überschrift beweist, was wir von dem Machwerk zu halten haben. Sie lautet: »Himmelsbrief, welcher mit goldenen Buchstaben geschrieben und ist zu sehen in der Michaeliskirche zu St. Germain, wird genannt Gredoria, allwo der Brief über der Taufe schwebt. Wer ihn angreifen will, von dem weichet er; wer ihn aber abschreiben will, zu dem neiget er sich und tut sich selbst auf.« Was für ein Unsinn! Und doch hat diesen Brief einst ein Mensch bei sich getragen und von demselben Schutz in Gefahr erwartet, bis Jesus ihm aufging als der rechte und wahre Helfer in der Not.

Dreist genug tritt der Brief auf, das muß man sagen. »Wer diesem Brief glaubt und sich danach nicht richtet, der wird kein Glück und keinen Segen haben. Diesen Brief soll einer dem andern geschrieben oder gedruckt zukommen lassen, und wenn ihr so viel Sünden getan hättet als Sand am Meer, Laub auf den Bäumen und Sterne am Himmel sind, sollen sie euch vergeben werden, wenn ihr glaubet und tut, was dieser Brief euch lehrt und sagt; wer das nicht glaubt, der soll sterben.«

Aber, wenn die Bibel eine klare und deutliche Sprache führt, wenn der Herr Jesus auffordert, an ihn zu glauben, – wer geht darauf ein? Hingegen wenn so ein törichtes Geschreibsel Glauben beansprucht, das geschieht!

Es ist immer die gleiche Erfahrung: wer keinen Glauben hat, verfällt dem Aberglauben. Die armen glaubenslosen Menschen, die sich auf so einen »Himmelsbrief« verlassen und darauf ihr Vertrauen setzen! Und auf den lebendigen Gott und sein teures Wort trauen sie nicht!

Nur gut, daß dies arme Menschenkind, das diesen Himmelsbrief als höchsten Schatz bewahrte, zu besserer Überzeugung gekommen ist. Sonst wäre der Brief nicht in meinem Museum!

War das ein Himmelsbrief aus der Friedenszeit, so kommt jetzt ein Heil- und Schutzbrief aus dem Krieg, lange gehütet von einer Mutter, die davon das Heil ihres Hauses erwartete. Nach dem üblichen Anfang: »Im Namen Gottes ....« heißt es in diesem Brief: »So wie Christus im Ölgarten stillstand, so sollen alle Geschütze stillstehen. Wer dies geschrieben bei sich hat, dem wird nichts schaden. Es wird ihn nicht treffen des Feindes Geschütz ...« Von solchen

Versprechungen ist der ganze lange Brief voll. Ebenso von Drohungen für den Fall, daß man an den Brief nicht glaubt. Dabei wird wiederholt mit den heiligen drei Namen Mißbrauch getrieben, der den ganzen Brief als in das Gebiet der Zauberei gehörig verweist. Denn der Name des dreieinigen Gottes wird als eine Zauberformel »gebraucht«. Und die Sünde der Zauberei hat Gott klar und scharf verboten in seinem Wort. Und doch gibt es Leute, die haben keine Ahnung davon, was sie tun, wenn sie zu weisen Frauen hingehen, um sich in Krankheitsfällen besprechen zu lassen. Man kommt dadurch unter Beeinflussung finsterer Mächte. Das Ende vom Liede ist Besessenheit oder aber Schwermut, Depressionen.

Während der gedruckte Himmelsbrief aus Sachsen stammt, ist dieser geschriebene aus Württemberg. In beiden Ländern ist Aberglaube und Zauberei besonders verbreitet. Wenn ich nach Süddeutschland komme und eine gewisse Linie überschreite, dann habe ich in meinen Sprechstunden mehr Schwermütige. Und sehr oft ist der Anfang der Schwermut, daß man in der Vergangenheit »Sympathie getrieben« hat oder daß es die Eltern haben tun lassen, als das Kind krank war. Und das traurige Ergebnis heißt dann: Schwermut. Es ist furchtbar!

Hier ist noch ein dritter Brief, der nennt sich »Kugelabweisung in Kriegs- und Friedenszeiten«. Den bekam ich aus dem Felde geschickt. Der war damals der Anlaß, daß ich mein Flugblatt »Der beste Schutz« schrieb. Darin sagte ich: »Wer unter dem Schirm des Höchsten sitzt und unter dem Schatten des Allmächtigen bleibt, der spricht zu dem Herrn: Meine Zuversicht und meine Burg, mein Gott, auf den ich hoffe. Gott sei Dank, daß wir diesen Schutz kennen und um ihn wissen! Und daß uns der

Himmelsbrief des Wortes Gottes den Weg zeigt durch Not und Tod zum ewigen Leben, zu dem unvergeßlichen und unbefleckten Erbe der Kinder Gottes.

Wie viele haben sich auf solche Himmels- und Schutzbriefe verlassen und sind damit elend zuschanden geworden! Ich wünschte, daß sie sich auf den Herrn, unsern Heiland, verlassen hätten! Der enttäuscht keinen, der ihm vertraut! Der hält uns sein Wort im Leben und im Sterben, in Zeit und Ewigkeit.

Dieses Papier hier macht mir mehr Freude, obwohl es auch von menschlicher Sünde redet.

Ich rechne es zu meinen »Wertpapieren«. An die kommen wir nämlich jetzt. Aber meine Wertpapiere sehen ganz anders aus, als sonst üblich. Groß oben darüber steht: »Kostenberechnung über die Verpflegung der Ehefrau und Kinder des ....im Gemeindegasthause.« Was hat es mit diesem Papier für eine Bewandtnis?

Da war irgendwo ein Mann, der war sehr an den Alkohol gebunden. Es ging jammervoll in seinem Hause zu. Es gab nicht nur Scheltworte, es gab auch Schläge. Eines Tages warf der Mann, als er wieder sehr betrunken war, seine Frau und die Kinder aus dem Hause, und dann schloß er die Tür zu und schrie: »Hier kommt ihr nicht wieder herein.« Alles Bitten und Flehen war umsonst, er ließ sie nicht wieder herein. Da blieb ihnen nichts anderes übrig, als ins Armenhaus zu gehen und da Obdach zu suchen. Nach drei Tagen erbarmte er sich endlich und ließ sie wieder ein.

Eines Tages brachte ihn seine Frau mit in die Evangelisation. Das Wort traf ihn und ließ ihm keine Ruhe mehr. Er kam Tag für Tag. Dann, nach acht Tagen, entschied er sich. Es war in einer Predigt über das Jesajawort: »Dies ist der Weg, denselbigen geht, sonst weder zur Rechten noch zur Linken.« Als er dieses Wort wie ein Kommando hörte, da sagte er in seinem Herzen: »Wird gemacht!« Und von Stund an war er willens, diesen neuen Weg zu gehen.

Als er nach Hause kam, sah ihn sein kleiner Sohn ganz verwundert an. »Vater, wie kommt das, du bist ja nicht betrunken?« Anders kannte der Sohn den Vater gar nicht. »Nein«, sagte der Vater, »das kommt jetzt nicht mehr vor.« Da faßte sich der Sohn ein Herz und teilte dem Vater eine Beobachtung mit, die er in der Woche gemacht hatte. »Vater, weißt du was? Ich habe es ganz gut gemerkt: In der ganzen letzten Woche hast du die Mutter nicht einmal geschlagen. Ich wollte, das bliebe immer so!« Da sind dem Vater die Tränen gekommen. Er hat dem Jungen die Hand auf den Kopf gelegt und gesagt: »Mein Junge, ich verspreche dir, das bleibt so mit Gottes Hilfe!«

Dann besuchte er mich und erzählte mir das alles und sagte zu mir: »Ich habe Ihnen etwas mitgebracht.« Dabei zog er dieses Blatt hervor, diese Rechnung aus dem Armenhaus, in das seine Frau und seine Kinder sich hatten flüchten müssen vor seinem Wüten. »Sehen Sie«, sagte er, »so weit war es gekommen.«

So ist diese Rechnung in mein Museum gekommen. Ist sie nicht ein Wertpapier? Sagt dieses Blatt nicht, was Jesus kann? Und wenn einer auch mit solchen Stricken gebunden ist wie jener Mann, – Jesus ist ein Durchbrecher aller Bande. Das predigt dieses Papier.

Aber wir müssen weiter sehen, was in meinem Museum ist!

»Was ist denn dies?« fragte Käthe Dorn. Ein merkwürdiges Ding kam zum Vorschein. Vier längliche eiserne Ringe aneinander. »Das ist ein sogenannter ›Totschläger‹. Sehen Sie, durch diese eisernen Ringe kann man die vier Finger der rechten Hand stecken, dann sind sie mit Eisen gepanzert. So wird dieses Ding eine ganz gefährliche Waffe, mit der man wohl einen Menschen erschlagen kann.«

Ich evangelisierte in der Jerusalemkirche in Hamburg. Da – eines Abends – die Nachversammlung war beendet – war noch ein junger Mensch in der Kirche. Ich ging auf ihn zu, um mit ihm zu sprechen. Ich denke, er fing das Gespräch damit an, daß er sagte, das sei alles ganz schön gewesen, was ich gesagt hätte, aber für ihn sei das nichts. Für ihn gebe es nur noch eins. Er wolle an dem Abend einen Menschen erschlagen, dann mache man ihm die Rübe – damit wies er auf den Kopf – herunter, dann hätte die Geschichte ein Ende. Er sah so aus, daß man ihm das wohl zutrauen konnte. Während er so sprach, hatte er den Totschläger aus der Tasche gezogen und über die Finger geschoben. Dann machte er mit der so gepanzerten Hand eine Bewegung, als ob er einen niederschlüge.

»Ach«, sagte ich so harmlos wie nur möglich, »was haben Sie denn da?« Er zeigte mir den Totschläger und erklärte mir den Gebrauch desselben. Ich probierte ihn auf meine Hand. Er paßte mir sehr gut. Und dann steckte ich ihn in die Tasche. »Geben Sie mir meinen Totschläger her!« rief er. Ich sagte: »Nein, den bekommen Sie nicht wieder. Ich tue keinem etwas damit. Er ist besser bei mir aufgehoben als bei Ihnen.« Noch ein paarmal verlangte er ihn zurück. Aber als ich ihn dann fragte: »Nun, was wollen Sie denn?« da wagte er doch nicht, Gewalt anzuwenden. Ich merkte ja, daß der Geist Gottes mit dem Mann geredet hatte. Noch eine Weile dauerte die Unterredung. Aber es war weiter nichts zu erreichen, als daß er versprach, wiederzukommen. Und er kam auch wieder.

An einem der nächsten Abende sah ich, während ich mit Besuchern sprach, daß dieser Mann hinten in einer Bank saß. Ich bat den Pastor Frank, in dessen Kirche ich arbeitete, er möge doch zu ihm gehen und mit ihm sprechen. Das tat er denn auch. Nach einer Weile gab es dort hinten, wo die beiden miteinander sprachen, einen Krach. Der Bußfertige war auf die Knie gefallen und fast schreiend, ich möchte wohl sagen: brüllend bat er Gott um Vergebung seiner Sünden.

Daß seine Umkehr echt war, bewies er am andern Tag. Da brachte er mir ein Büchlein, in dem standen lauter Stempel von allerlei Behörden aus allen möglichen Städten und Ländern, aus Brindisi und aus Sydney, und ich weiß nicht mehr, woher noch sonst.

»Damit haben wir immer gefälschte Pässe hergestellt«, sagte er zur Erklärung. Er gab mir das Buch mit der Bedingung, daß ich es verbrennen solle. Das habe ich denn auch getan, meinem Versprechen gemäß. Sonst wäre es auch in mein Museum gekommen. Nun habe ich zur Erinnerung an ihn – Gottlieb hieß er, das weiß ich noch – nur den Totschläger behalten. Aber der ist mir auch eine gewaltige Predigt von der Macht der Gnade, wie Gott aus einem Totschläger einen Gottlieb machen kann. Gott sei gepriesen! –

Das Nächste ist ein Blatt Papier, ein Briefbogen. Das ist wieder ein »Wertpapier«. Haben Sie einmal von Schwester Lenchen gehört? Nein? Schwester Lenchen ist durch Leiden eine Berühmtheit geworden. Sie war in Kassel in ein Diakonissenhaus eingetreten, um Kleinkinderschwester zu werden. Aber sie war noch nicht lange im Dienst, da bekam sie arge Schmerzen im Fußgelenk. Die Untersuchung ergab: Gelenktuberkulose. Da hilft kein andrer Rat als: amputieren. So wurde denn der Fuß abgeschnitten. Bei der Amputation zeigte sich, daß das Kniegelenk auch schon angegriffen war; so wurde ihr das ganze Bein amputiert. Nach einiger Zeit wiederholten sich die Schmerzen im Handgelenk. Wieder heißt es: Gelenktuberkulose! Wieder zeigt sich bei der Amputation, daß die Tuberkeln schon weitergefressen haben. Der ganze Arm muß abgenommen werden. – Es kam dahin, daß sie ihre beiden Arme und beide Beine verlor. Was für ein Jammerbild! Und dabei war Schwester Lenchen der Sonnenschein des Kasseler Diakonissenhauses! So zufrieden war sie in ihrem Glauben an den Heiland. Sie hatte sich ihr Bett auf die Station der kranken Kinder stellen lassen, um ihnen noch Geschichten erzählen oder Lieder vorsingen zu können.

Und das ist hier ein »eigenhändiger« Brief – so kann man nicht sagen, denn sie hat geschrieben, indem sie den Federhalter unters Kinn klemmte – von Schwester Lenchen. Sehen Sie, wie wunderbar der geschrieben ist! Es ist ein Gedicht »An Jesu Nachfolger. Fragen einer Stillen im Lande.«

Nun lasse ich auf diese lichten Bilder wieder ein Bild von trauriger Finsternis folgen. Wissen Sie, was dieses mit der Schreibmaschine geschriebene Heft enthält? Ein sogenanntes »Horoskop«. Es gibt viele Leute, die der Meinung sind, aus der Stellung der Gestirne bei ihrer Geburt ihr ganzes Schicksal erkennen zu können. Sehen Sie, dieses arme Menschenkind, das sich sein Horoskop hat stellen lassen, ist geboren »unter dem Sonnenzeichen Taurus, geleitet von dem Planeten Venus«.

Die armen Menschen, die erst die Gestirne fragen müssen und die rechte Stellung des Mondes abwarten müssen, ehe sie etwas unternehmen können!

Wie gut haben wir es doch, wenn wir wissen, daß unsere Zeit in *Gottes* Hand liegt und daß ein Vater über unserem Leben wacht und waltet, der sich bis ins kleinste hinein um uns kümmert und für uns sorgt! Wie wunderbar ist es doch, sich als ein Kind Gottes zu wissen! Gott sei Dank, daß diese Frau, die sich das Horoskop hat stellen lassen, nun auch zum Vertrauen auf die Vaterliebe und Treue Gottes gekommen ist! Als ein Zeichen dafür liegt nun dieses Horoskop in meinem Museum. –

An ein anderes dunkles Kapitel erinnern diese Quittungen, die ich hier aufbewahre. Auf der ersten bestätigt eine Feuerversicherungsgesellschaft, daß sie 160 Mark als Brandschadenersatz erhalten hat. Das war eine traurige Geschichte. Jemand hatte allerlei Gegenstände bei einem Brand gerettet und sie dann als verbrannt angegeben und sich bezahlen lassen. Dann aber war das Gewissen aufgewacht und gab nicht eher Ruhe, als bis das unrechte Gut zurückerstattet war.

Die zweite Quittung ist von einer Fahrkartenstelle ausgestellt über dreiundzwanzig Mark »als hinterzogenes Fahrgeld für die Fahrt eines Kindes, welches bei Lösung der Fahrkarte über zehn Jahre alt war und als noch nicht zehn Jahre angegeben wurde«.

Die dritte ist von einem Zollamt ausgefertigt worden über zurückgezahlte Zollabgaben, die jemand hinterzogen hatte.

Ich weiß, sehr viele Leute laufen mit solchen Gewissenslasten herum! Was für Schulden dieser Art liegen auf den Herzen der Menschen! Ich komme wohl kaum an einen Ort, wo nicht Männer oder Frauen zu mir kommen, die solche Geschichten bekennen und um Rat fragen, wie sie solche alten Verfehlungen in Ordnung bringen können. –

Was ich hier noch habe? Allerlei Schmuck! Ringe, Broschen, Ketten, Medaillons usw.

»Aber hätten Sie diese Stücke nicht verkaufen können?«

»Ja, gewiß, wenn ich dafür nur etwas bekäme! Ich habe es früher versucht und solche Sachen einem Goldarbeiter gebracht zum Verkauf für die Mission. Und dann hat er mich ausgelacht und gesagt: »Der ganze Kram hat keinen Wert. Es sind lauter unechte Sachen.« Da habe ich diesen Schmuck wieder mitgenommen und in mein Museum getan. Ist es nicht tragisch: All diese Dinge sind darum in meinen Kasten gekommen, weil Menschen erkannten: ich bin an diese Dinge gebunden; an diesen Sachen hängt mein Herz. Darum haben sie dieselben ausgeliefert. Und wenn ein Sachverständiger sie untersucht, dann lacht er und sagt: sie haben keinen Wert. Die armen Menschen! So wertlos sind also die Götzen, mit denen sich so viele Leute belasten! Völlig wertlos!

Nur gut, daß man diese Dinge ausgeliefert hat, um dafür den besten Schatz zu erwählen, der allein wirklichen Wert hat, Jesus Christus, unsern Heiland! Insofern sind auch diese Schmucksachen eine Predigt darüber, daß Jesus der kostbarste Schatz und wertvollste Besitz ist.

Und das ist er in der Tat. –

Zum Schluß liegt da noch ein Buch. Das ist »das Buch Mormon«, das heilige Buch der Mormonen. Was für ein armseliges Zeug enthält diese Schrift, verglichen mit unserer Bibel! Wie gut, daß der Mann, der mir diesen Band brachte, jetzt die Bibel liest an Stelle dieses törichten Buches, das das Papier nicht wert ist, auf dem es gedruckt ist.

Sehen Sie, da liegt noch eine zweite Schnupftabakdose in der Ecke! Ich weiß nicht mehr, woher ich die habe. –

Aber nicht wahr, wenn ich mir so alle Sachen des Museums durch die Hände gehen lasse, dann ist das eine Predigt über die beiden Hauptworte in der Geschichte der Menschen, über *Sünde* und *Gnade*. Wie vielgestaltig ist doch die Sünde, wie weiß sie sich auf alle mögliche Art und Weise an die Menschen heranzumachen! Und – wie elend, wie unglücklich macht sie die Menschen! Wenn sie wirklich Befriedigung böte und dauerndes Glück, dann lägen alle diese Sachen nicht in meinem Kasten. All diese Dinge beweisen doch, daß es eine Macht gibt, die größer ist als die der Sünde, das ist die Macht der *Gnade*. Sie hat es diesen armen Menschen klargemacht, daß die Sünde keine wirkliche Befriedigung geben kann, daß nur der Herr, unser Heiland, ein Herz glücklich machen kann, aber auch aufs völligste. Darum hat man diesen armen Tand ausgeliefert, weil das Herz etwas Besseres dafür bekommen hatte, weil Jesus der König und der Gebieter des Herzens und des Lebens wurde.

So nötigt mich das Museum immer wieder, wenn ich es einmal jemand zeige und erkläre, Christus, den Heiland, zu rühmen und zu preisen, der auch hart Gebundene freimachen und aufs völligste erretten und beglücken kann. Ihm sei Lob und Preis dafür in Ewigkeit!

In der Apotheke

»Guten Tag!«

»Guten Tag! Sie wünschen?«

»Ich möchte ein Rezept machen lassen.«

»Schön!«

Der Apotheker wirft einen raschen Blick auf die unleserlichen Schriftzüge des Arztes. Dann sagt er: »Es dauert eine Viertelstunde. Wollen Sie so lange warten?«

»Ja, ich will warten.«

»Nun, dann nehmen Sie bitte so lange Platz!«

Der Mann setzt sich auf die Bank, die da steht. Dann sieht er dem Apotheker zu.

Der nimmt noch einmal das Rezept zur Hand. Dann legt er es hin, wendet sich um und greift eine große weiße Flasche aus dem offenen Schrank in der Mitte. Es stehen viele solcher weißen Flaschen da. Er sieht aber gar nicht erst hin, was darauf geschrieben steht; er greift die dritte Flasche rechts oben in der vierten Reihe.

Der Zuschauer kann nicht sehen, was er aus der Flasche ausschüttet. Auf der Theke ist ein hoher Aufsatz, der die Arbeit des Apothekers den Blicken der Zuschauer entzieht.

Dann stellt der Apotheker die Flasche wieder hin. Jetzt bückt er sich und greift nach einer Flasche ganz unten, dicht über dem Boden.

Er tut ein wenig aus der Flasche in eine Waagschale und wiegt haarscharf die paar weißen Krümchen ab. Dann wandert die Flasche wieder an ihren Platz.

Jetzt tritt ein kleines Mädchen ein und fordert für eine Mark Zinksalbe. Der Apotheker unterbricht seine Arbeit, greift in eine Abteilung des Aufsatzes auf dem Tisch und gibt dem Kind das Verlangte.

Wieder geht die Tür. Ein altes Mütterchen kommt herein und fordert etwas, das hat einen ganz komischen Namen. Sie hat sich den lateinischen Namen ein wenig mundgerecht gemacht.

»Ach, Sie meinen gewiß –?« und nun nennt der Apotheker den richtigen Namen.

»Ja, ja, so wird's geheißen haben«, sagte die Frau. Wieder ein Griff. »Hier!«

Dem Mann auf der Bank kamen allerlei Gedanken. Der Apotheker war noch jung; aber wie wußte der in seinem Betrieb Bescheid! Ohne einen Augenblick unschlüssig dazustehen, griff er hierhin und dorthin und hatte die richtige Flasche in der Hand.

Es kamen noch mehr Leute in der Viertelstunde, die zwischendurch abgefertigt wurden. Und immer wieder verwunderte sich der Zuschauer über die Sicherheit des jungen Mannes.

»Wenn Stromsperre kommt, wüßten Sie dann auch noch, wo alles steht?

Der Mann blickte auf. Er war ganz in seine Arbeit vertieft gewesen. Dann lachte er. »Ja, freilich!« sagte er. »Ein richtiger Apotheker muß alles im Dunkeln finden können.«

»Vergreifen Sie sich denn nie? Es wäre doch bedenklich, wenn Sie einmal ein falsches Mittel nähmen?«

»O, das macht die Übung. Wenn man so Tag für Tag dieselbe Arbeit tut, dann weiß man endlich ganz genau Bescheid.«

Damit wandte er sich einem Jungen zu, der Salmiakpastillen forderte. Das Gespräch war abgebrochen.

Der Mann auf der Bank setzte es im stillen fort.

Der Apotheker weiß Bescheid in seinem Geschäft, sagte er zu sich selbst. Er hat sich geübt. Nun weiß er ganz genau, wo alles und jedes steht.

Und dann dachte er an seine Bibel. Ach, sagte er, sollte ich nicht so Bescheid in meiner Bibel wissen, wo jedes Wort steht? Und wenn es nicht so ist, woran liegt es? Es fehlt an der Übung. Man braucht seine Bibel zu wenig.

»So, die Medizin ist fertig«, sagte der Apotheker.

Der Mann stand auf. »Was kostet es?« »Neun Mark vierzig!« Der Mann bezahlte. »Danke sehr.«

»Ich habe zu danken«, sagte der Mann. »Sie haben mir heute eine sehr ernste Predigt gehalten.«

»Ich? Eine Predigt?«

»Ja, wie Sie so in Ihrer Apotheke hantierten und ohne hinzusehen wußten, wo jedes Mittel stand, da dachte ich: So sollte ein Christ in seiner Bibel Bescheid wissen, vor allem, wo jedes wichtige Wort steht.

Der Apotheker machte ein verlegenes Gesicht. Er wußte nicht, was er dazu sagen sollte.

»Oder meinen Sie nicht, daß es sich lohnt, wenn man im Wort Gottes Bescheid weiß?«

»Gewiß! Jawohl! Nun natürlich. Aber – ich habe nie daran gedacht.«

»Ich habe es auch viel zu spät bedacht. Und nun kann ich es nicht mehr nachholen. Ja, wenn ich noch einmal jung wäre, so wie Sie, ich wollte es anders machen!«

Der Apotheker schwieg.

Der Mann fuhr fort: »Entschuldigen Sie meine Freiheit, aber ich möchte Sie bitten: Vernachlässigen Sie die Bibel nicht. Es kommt sonst eine Stunde, wo Sie auch klagen müssen: ›Ach, wenn ich doch besser Bescheid in meiner Bibel wüßte!‹

Der Apotheker zuckte die Achseln. Es geht nicht.

Er wird seine Bibel doch nicht herholen. Der Mann ist gewiß ein Sektierer. Nein, er wird den Rat nicht befolgen. Er wird die Bibel nicht lesen.

Und du? Wirst du es tun?

Präzisionswaagen

Es gibt ein malerisches Städtchen zwischen den Bergen der Rauhen Alb, ein echtes, schwäbisches Städtchen, bekannt und berühmt, denn in großen Fabriken werden Trikotwaren hergestellt und Samte verschiedener Art. Und hier werden auch Waagen gemacht, die feinsten Waagen, die man sich nur denken kann.

Was ist ein Gramm für ein kleines Gewichtchen! Man meint, es gäbe gar nichts Leichteres als ein Gramm. Aber hier lernt man es anders. Hier werden Gewichte hergestellt aus dünnen, dünnen Plättchen, die man nur mit der Pinzette anfassen kann. Diese Plättchen wiegen – ein Milligramm. Das ist der tausendste Teil von einem Gramm!

Ich sah bei der Herstellung solcher Gewichtplättchen zu. Sie wurden auf die Waagschale einer feinen Präzisionswaage gelegt. Ein Plättchen war vielleicht ein zehntausendstel Gramm zu schwer. Es wurde behutsam mit der Pinzette von der Waage genommen. Dann strich die Feile einmal darüber her. Wieder auf die Waage. Noch zu schwer. Wieder herunter und einmal mit der Feile gestrichen. Wieder auf die Waage. Noch zu schwer! Mit großer Geduld nahm der Arbeiter immer wieder das dünne Plättchen herunter, um noch etwas abzufeilen, bis er endlich sagen konnte: »Nun stimmt es!«

Als ich mich über diese feinen kleinen Gewichtchen wunderte, sagte er: »O, es gibt noch viel feinere.« Und aus einem Kästchen nahm er ein haardünnes Drähtchen, das nannte er einen Reiter. Das setzte er mit der Pinzette oben an der Waage auf eine mit Teilstrichen versehene feine Stange. »Je nachdem dieser Reiter verschoben wird, wiegt er fünfzigmal soviel oder fünfzigmal sowenig. Damit kann man ein zehntausendstel Gramm wiegen.«

»Wozu werden denn so feine Gewichte gebraucht?« fragte ich.

»Meist von Chemikern«, war die Antwort. »Und da muß jedes Gewicht ganz genau sein. Wenn eines nicht ganz stimmen würde, dann stimmt nachher alles nicht!«

Damit nahm er wieder ein feines Plättchen, um es auf die Waage zu legen. Mit einem Handgriff ließ er dann eine Glasscheibe herunter, um die Waage von der Luft abzuschließen.

»Warum tun Sie denn das?«

»Weil schon der Hauch meines Mundes Einfluß ausüben würde auf die Waage. Sie würde nicht so sicher und ruhig arbeiten, wenn mein Atem sie berührte.«

Sinnend ging ich weiter. An einer andern Stelle sah ich Goldwaagen. Darin waren winzigfeine Gewichte: ein Karat, ein Achtel Karat, ein Sechzehntel Karat, ja sogar ein Vierundsechzigstel Karat. Das war ein Plättchen, das flog fort, wenn man nur atmete.

Manche der Arbeiter trugen Brillen. »Man muß sehr scharf zusehen», sagten sie. »Hier muß sehr exakt gearbeitet werden.«

Und so wurde gefeilt und gewogen und wieder gefeilt und wieder gewogen, bis endlich wieder ein Gewicht fertig war.

»Ja, man muß es sehr genau machen bei diesen Waagen«, sagte man mir. Das sah ich mit Staunen. Es stimmte offenbar sehr genau. Darum haben auch diese Präzisionswaagen so einen Ruf, darum gehen sie auch weit hinaus ins Land, bis in ferne Erdteile.

Und weil man das weiß, darum arbeitet jeder Arbeiter so genau, um nur ja gute Ware zu liefern.

Als ich so die Fabrikräume durchwanderte, wo gebohrt und gefeilt, poliert und geputzt wurde, da dachte ich bei mir: So genau hält es auch unser Gott mit uns. Bei dem gibt es auch keine Kleinigkeiten. Er übersieht nicht das Geringste. Menschen denken vielleicht wegwerfend: »Nun, was ist denn dabei? Das ist doch keine Sünde!« Aber vor Gott ist nichts nebensächlich und geringfügig. Vor Gott gibt es keine »leichten« Sünden und »schweren« Sünden. Gott hat eine so feine Waage, daß auch die »allerleichteste« Sünde die Waagschale bedrohlich niederzieht. »Ach, was ist denn an einem Wort gelegen!« sagst du. »Wer wird sich denn darüber Gedanken machen?« Aber du kennst die Präzisionswaage Gottes nicht. Er legt dein Wort auf die Waage. Es ist nur ein Wort, nur ein Hauch. Aber die Waagschale sinkt. Siehst du, wie das Zünglein der Waage ausschlägt?

»Gedanken sind zollfrei!« sagst du. Glaube das nicht. Gott nimmt auch die Gedanken und legt sie auf die Waage. Lieblose Gedanken, neidische Gedanken, bittere Gedanken, unreine Gedanken. Hättest du das gedacht, daß Gedanken so schwer wiegen könnten?

Wehe, wenn nach Gottes Willen deine Taten, deine Werke auf die Waage gelegt werden! Dein böses Beispiel, dein schlechtes Vorbild, deine Unfreundlichkeit – alles, alles!

Daran hast du gar nicht gedacht. Du hast gemeint, bei Gott würden nur die groben und schweren Sünden wiegen. Ja, auch die, welche du gar nicht für Sünden gehalten hast: unfreundliche Blicke, spöttische Mienen, alles kommt auf die Waage.

Darum frage ich dich: Wie willst du bestehen?

Wie wird das Urteil lauten, wenn Gott alle deine

Sünden – in Gedanken, Worten und Werken – auf die Waage legen läßt? Auf die andere Waagschale kommst du mit deinem »guten Herzen«, auf das du dir so gern etwas zugute hältst. Darauf kommen deine guten Vorsätze, deine frommen Gefühle, deine religiösen Stimmungen, alles, was irgend in Betracht kommen kann. Bei Gott wird sehr genau gewogen. Verlaß dich darauf! Er vergißt nichts. Er übersieht nichts. Was irgend zu deinen Gunsten spricht, es kommt auf die Waage. Aber – sie rührt sich nicht! Sie rührt sich nicht! Die Waagschale mit deinen Sünden bleibt stets auf dem Boden stehen.

Ist denn nichts, was noch auf die Waage gelegt werden könnte? Besinne dich doch! Deine Kirchenbesuche, Kollektenbeiträge.

Es wäre aber wohl besser, sie wären nicht in Betracht gezogen! Gott läßt eine klare Scheidung vollziehen mit deinen guten Werken, deinen Kirchenbesuchen, deinen Liebesgaben. Da zeigt sich, daß an diesen guten Werken viel Sündliches klebte: Gefallsucht, Selbstsucht, Ehrfurcht. Das kommt auf die Waagschale, auf der die Sünden liegen. Das belastet dieselbe nur noch mehr. Und was für die andere Schale bleibt, das wiegt so gut wie nichts!

Hast du noch etwas, was zu deinen Gunsten sprechen könnte? Bring nur alles herzu! Aber – die verhängnisvolle Schale hebt sich nicht!

Meinst du, ich rede im Scherz? Nein, es ist mir sehr ernst, kann ich dir versichern. Was ich dir hier sage, das habe ich mir in der Waagenfabrik selbst gesagt. Menschen können vielleicht nichts an sich finden, was sie verklagen könnte, Menschen können denken, es stimme alles. Aber bei Gott wiegen auch Blicke und Gedanken und Worte wie schwere Gewichte!

Gibt es nichts, was das Gleichgewicht herstellen

könnte? Gibt es nichts, was die Waagschale beschweren könnte?

Wenn es nichts gibt, dann wird ja das Urteil lauten müssen wie beim König Belsazar: »Man hat dich in einer Waage gewogen und zu leicht gefunden.«

Gibt es nichts, was die Sündenwaagschale überbieten könnte?

Gott sei Dank! Ja, es gibt etwas! Was ist das? Das Blut Jesu Christi, des Sohnes Gottes! Darum nimm deine Zuflucht zum Blut Christi! Wenn *das* auf die Waagschale kommt, das wiegt! Das hat Gewicht! Und die Waagschale der Sünden schnellt hoch empor. Aber ein anderes Mittel gibt es nicht! Kein anderes Mittel in der ganzen Welt!

Darum, wer du auch bist, du brauchst die Zuflucht zu diesem kostbaren Blut! Du brauchst die Deckung und Bewahrung durch dieses Blut! Sonst heißt es: »Tekel!« zu leicht – hüte dich!

Vergiß es nicht: Gott nimmt es genau!

Wehe, wenn du gedacht hast: Ich werde schon durchkommen! Ich bin ja bekehrt! Und wenn es dann am Tage der Ewigkeit heißt: »Ich habe deine Werke nicht völlig erfunden vor Gott!«

Nimm es nicht leicht mit der Sünde! Geh nicht leichtfertig darüber hin! Gottes Waagen sind überaus fein! Bei Gott wird alles sehr genau gewogen!

Denke beizeiten daran:

Gott nimmt es sehr genau!

Was uns die alte Weide deutlich gemacht hat

Nein, Vater, sieh doch mal! Wie komisch! So riefen die Kinder und holten mich herbei.

Was war denn da zu sehen, was ihnen so merkwürdig und sehenswert vorkam? Am Rande eines Roggenfeldes stand ein Zaun, um das Feld gegen den Weg hin zu schützen. Die Pfähle dieses Zaunes waren abgehauene Weidenstämme. Und diese Weidenstämme hatten lustig wieder ausgeschlagen und Zweige und Blätter getrieben. Das hatten die Kinder noch nicht gesehen.

Als ich näher herantrat, entdeckte ich dann aber etwas, was ich auch noch nicht gesehen hatte. Die Weidenstämme waren verkehrt in die Erde gesteckt, mit dem Wurzelende nach oben und mit dem Kopf in die Erde. Vielleicht hatte man so das Ausschlagen verhindern wollen. Aber die Weiden hatten doch ausgeschlagen. Es sah merkwürdig aus: Man sah, wo die früheren Äste abgehauen waren, in der Richtung nach untenhin, und die neuen Triebe wuchsen nun in entgegengesetzter Richtung, der Sonne entgegen.

Ich habe eine ganze Weile stehen müssen, um mir die alten Stämme anzusehen. Und dann habe ich die Kinder gefragt, was diese alte Weide ihnen wohl zu sagen habe?

Darf ich dich heute genau so fragen?

Als die Weide abgehauen wurde, da sah es aus, als ob es nun mit dem Baum aus und vorbei wäre. Da lag der Stamm, in mehrere Teile gehauen, seiner Zweige beraubt. Das war das Ende. Wenigstens schien es so.

Aber dann wurden die Stämme in den Boden gerammt, um einem Zaun als Stützpfosten zu dienen. Ach, da steckten sie in der Erde, den Kopf nach unten, das Wurzelende in der Luft. Es war wohl eine sehr unbequeme Stellung, in der sich der Stamm befand. Aber – wie man sieht – muß man nicht gleich verzagen! Man muß nicht so schnell die Hoffnung aufgeben! Als die Weide eine kleine Weile so dagestanden hatte, fing sie an, den Saft aus dem Boden in sich aufzunehmen. Und er trieb und trieb, – und neue Schößlinge durchbrachen die Rinde und strebten der Sonne entgegen.

Man muß die Dinge nehmen, wie sie sind, so reagierte die Weide. Es hat ja gar keinen Zweck, der Vergangenheit nachzutrauern und zu sagen: In meiner Jugend stand ich an einem rieselnden Bach; zu meinen Füßen blühten Vergißmeinnicht und Ehrenpreis. Das war einmal. Das ist nun vorbei. Nun stekke ich hier im Boden. Nun bin ich ein Zaunpfahl. Gut. Man muß mit den gegebenen Verhältnissen rechnen.

Und so wuchs sie, wenn auch in andrer Richtung als vorher. Sie tat ihren Dienst als Zaunpfahl, und dabei grünte sie und bot das schöne Bild der Zufriedenheit.

Weißt du schon, was die alte Weide dir sagen will? Es gibt so viele Menschen, die haben einmal etwas Schweres erlebt. Der Mann ist gestorben, der treue Gefährte mancher Jahre. Oder es war ein geliebtes Kind, das seine Augen schloß. Oder sie haben die Heimat plötzlich verlassen müssen und Hab und Gut verloren.

Von diesem schweren Schlag können sie sich nicht wieder aufrichten. Da ist ihr Leben geknickt, ihre Kraft gebrochen. Tag um Tag pilgert die Witwe zu dem Friedhof hinaus und sitzt da und denkt an die

Vergangenheit. Wohl hätte die Gegenwart sie nötig, wohl hätte sie Pflichten und Aufgaben zu erfüllen, – aber sie hat kein Auge für die Gegenwart. Sie denkt nur an die Vergangenheit, wie einst doch alles so anders war. Und die Tränen fließen auf den stillen Hügel. Und müde und matt geht die gramgebeugte Gestalt nach Hause.

Da ist eine Mutter, die hat ihren kleinen Liebling verloren. Ja, er war so herzig, so süß! Wie allerliebst das kleine Mündchen plauderte! Wie sich der Verstand schon zeigte! Und nun? Wieder und wieder suchen die Mutterhände die kleinen Sachen des Kindes hervor, die es angehabt hat, womit es gespielt hat, – und dann versinkt die Gegenwart mit ihren Aufgaben. Die Vergangenheit schlägt ihre schwarzen Flügel um das schwermütige Herz.

Der heimkehrende Mann findet einen ungedeckten Tisch, eine ungemütliche Stube, eine mit ihren Gedanken abwesende Frau. Und seufzend spricht er: Soll das nun immer so bleiben? Er hat jetzt nicht nur sein Kind, er hat auch seine Frau verloren! –

Die alte Weide zeigt es uns: Nein! Was vergangen ist, ist vergangen! Wozu der Vergangenheit nachtrauern – und die Gegenwart darüber vergessen? Die Gegenwart hat ihr Recht. Und wenn du keine Weide am Bach mehr sein kannst, dann sei meinetwegen ein Zaunpfahl. Zu irgend etwas wirst du noch zu gebrauchen sein. Und dann benutze die Gnade Gottes, die alle Morgen neu ist, und zieh aus ihr neue Kraft. Und dann streck dich der Sonne entgegen. Noch ist keine Zeit zum Verzagen. Noch heißt es leben und seine Aufgaben erfüllen!

Das sagt dir die alte Weide. Willst du von ihr lernen? Sie lebt es aus, was sie dich lehrt.

Wird durch dein Klagen etwas geändert? Aber nein, sondern du verschlimmerst deine Lage nur! Du wirst immer unzufriedener mit der Gegenwart, je mehr du von der Vergangenheit sprichst, und wie es da so ganz anders war, und was du alles durchgemacht hast!

Nicht wahr, du hast dir auch dein Leben schon schwer gemacht mit deinen Klagen über die Vergangenheit und deine Leiden? Und andern hast du damit das Leben auch nicht leichter gemacht. O nein! Dein armer Mann, deine arme Frau hat es schwer genug gehabt durch dein trübseliges Klagen und deine düstere Stimmung. Nun, dann komm, sieh dir einmal diese alte Weide an, die mit dem Kopf nach unten in der Erde steckt und doch grünt und treibt, und doch ihre Zweige himmelwärts schickt, – und dann schäme dich und bitte Gott und Menschen um Verzeihung. Und dann fang neu an. Laß die Vergangenheit vergangen sein. Die Gegenwart braucht dich, und die Zukunft wartet auf dich.

Das wäre mir eine Freude, eine große Freude, wenn du, heute die Lektion lernen würdest, die mir die alte Weide gehalten hat, und die sie nun auch dir halten wollte. Dann würde ein Segen und ein Gewinn davon ausgehen,

Was uns die alte Weide deutlich gemacht hat!

Der große Magnet

»Haben sie den großen Magneten schon gesehen?« fragte die Schwester, als sie mich nach dem Sonntagmorgengottesdienst, dem ich beigewohnt hatte, im Krankenhaus herumführte. – »Den müssen Sie sehen«, sagte sie, als ich ihre Frage verneint hatte.

In den Zimmern, in denen Augenkranke untersucht und operiert werden, hing er an der Wand. So einen Magneten hatte ich allerdings noch nicht gesehen. Ich dachte bisher, das sei ein großer Magnet, den mir einmal ein junger Mann schenkte, der in einer Fabrik angestellt war. Aber der ist nur so groß wie eines Mannes Hand. Da war dieser Magnet aber doch viel größer. Er sah aus wie ein Rohr, vielleicht einen dreiviertel Meter lang. Er hing an einem drehbaren Arm an der Wand.

»Probieren Sie einmal, wie der zieht!« sagte die Schwester, nachdem sie die elektrische Leitung eingeschaltet hatte. –

Ich hielt einen Schlüsselbund in einige Entfernung von dem Magneten. Da – sofort richteten die Schlüssel sich auf und standen in die Luft, dem Magneten entgegengestreckt. Kaum konnte die Hand den Schlüsselbund zurückhalten, so zogen und zuckten die Schlüssel nach dem Magneten hin. Und auch der Magnet wurde unruhig. Er hob und senkte sich; es war, als ob Leben in ihm sei, als ob ein Sehnen und Strecken durch ihn hindurchginge. Und immer näher kamen die Schlüssel auf den Magneten zu – und waren nur mit der allergrößten Kraftanstrengung wieder von ihm fortzureißen.

»Wozu wird denn dieser Magnet gebraucht?« fragte ich.

»Um Eisensplitter aus dem Auge zu ziehen. Solche Unfälle kommen hier im Industriegebiet nicht selten vor. Da wird dann dem Magneten noch eine kleine Spitze aufgeschraubt, – sehen Sie, so! –, damit die ganze Anziehungskraft von einem einzigen Punkt ausgeht, und dann wird der Magnet langsam dem verletzten Auge genähert.«

»Und auf diese Weise werden dann die Eisensplitter aus dem Auge herausgezogen?«

»Jawohl. Aber manchmal bleiben sie noch stekken, dann muß ein operativer Einschnitt gemacht werden, damit das Eisen herauskann.«

»Das ist ja eine wunderbare Sache.«

»Ja, aber sehr schmerzhaft ist die Geschichte. Es gehört mit zu den aufregendsten Operationen, wenn auf diese Weise Splitter entfernt werden. Der Patient schließt instinktiv die Augen, wenn der Magnet sich dem Auge nähert und die Eisensplitter anfangen, unruhig zu werden. ›Augen aufmachen!‹ verlangt dann der Arzt. Aber es hilft nichts. Der Patient macht die Augen doch immer wieder zu. Dann muß das Auge aufgesperrt werden. Dafür gibt es so kleine Sperrvorrichtungen – sehen Sie hier!« Und sie zeigte mir ein paar Klammern, die durch eine Spiralfeder auseinandergehalten werden konnten. »Dadurch werden dann die Augenlider aufgesperrt, und nun wird der Magnet mit seiner Spitze vor das offne Auge gebracht. Dann fliegt der Eisensplitter auf den Magneten zu.«

»Das ist ja eine prachtvolle Erfindung«, sagte ich, als die Schwester den elektrischen Strom ausschaltete und den Riesenmagneten an dem schwenkbaren Arm wieder der Wand zudrehte.

»Ja, aber die Kranken scheuen sie sehr. Sie muß sehr unangenehm sein.«

»Das kann ich mir denken. Wie empfindlich ist

doch das Auge! Aber es ist wunderbar, daß man auf diese Weise das Auge von eingedrungenen Splittern befreien kann!«

Wir verließen den Raum und wanderten weiter durch das Krankenhaus. In einem Saal lagen mehrere Krebskranke zusammen, die mit Radium behandelt wurden, das mit seinen geheimnisvollen Strahlen die Wucherungen zerstört und beseitigt.

Aber meine Gedanken blieben bei dem Riesenmagneten.

Ist nicht Jesus Christus, unser Herr, auch so ein großer, gewaltiger Magnet, der all die Fremdkörper aus unseren Herzen zu entfernen sucht? Der all die Sünde, die eingedrungen ist und uns so viel Unruhe und Schmerzen bereitet, herauszuziehen trachtet?

Aber nicht wahr, das ist eine schmerzhafte Operation? So wie die Augenkranken mechanisch die Augen schließen, wenn der Magnet sich ihnen nähert, so macht man es auch, wenn der große Magnet Jesus darauf hinwirkt, die Sünde aus dem Herzen zu entfernen. Man weiß wohl, daß sie uns elend macht, daß sie uns umbringt, aber man hält sie dennoch fest. Man zuckt doch vor dem Magneten zurück.

Ist das nicht eine große Torheit? Wenn die Eisensplitter im Auge bleiben, dann wird das Auge krank. Sie *müssen* heraus. Und so muß auch die Sünde aus dem Herzen heraus. Sonst gehst du verloren, ewig verloren!

Darum, wenn der große Magnet Jesus die Spitze seines Wortes auf dich richtet, entzieh dich ihm nicht! Verschließ dich ihm nicht! Laß dich operieren! Er hat doch nur dein Heil im Sinn!

Ja, schmerzhaft ist es, das stimmt. Der Hochmut, der in unserem Herzen steckt, das ist ein Stück von uns selbst. Und ebenso unser Eigensinn, unsere Rechthaberei, unsere Eitelkeit, unsere Empfindlichkeit. Wie viele Eisensplitter stecken in unserem Herzen! Hast du sie nicht schon empfunden? Haben sie dir nicht schon viel Unruhe und Not gemacht? Haben sie dich nicht schon oft gequält? Ganz gewiß. Und doch hast du dich noch nicht operieren lassen? Und doch schleppst du dich mit dem Jammer deines Eigenlebens herum?

Darum laß dir sagen: Der große Magnet Jesus ist da. Er sehnt sich danach, dir die Sündensplitter aus dem Herzen zu ziehen, dich frei und froh zu machen. Komm zu Jesus! Und wenn es auch weh tut; – »die Wonne folget nach der Pein«.

»Er reinigt uns von aller Untugend.« Aber wir müssen auch bereit sein, uns reinigen zu *lassen*. Solange wir es nicht wirklich wollen, kann er uns nicht helfen. Er hat keine Klammern wie der Arzt dort im Krankenhaus, um unser Herz gewaltsam aufzusperren. Er will nur solchen helfen, die sich heilen lassen wollen.

Komm, wir wollen uns vor dem großen Magneten nicht mehr fürchten! Komm, wir wollen ins Operationszimmer gehen! Wir wollen nichts mehr zurückbehalten. Nein, nein, er soll alles haben, auch den letzten Splitter.

Ja, wirklich? Soll er den letzten Splitter haben? Ich bin überzeugt, es wird Freude sein, wenn du den Splitter los wirst, der dich so lange gequält hat; wenn du von deiner Empfindlichkeit befreit wirst, die dir das Leben so verdorben hat; wenn du von deinem Eigensinn kuriert wirst, der dir schon solche Unannehmlichkeiten bereitet hat. Ja, wie wirst du dich freuen, wenn du von dieser Qual deines Eigenlebens loskommst.

Und da ist noch einer, der sich freut, wenn du frei wirst von all den Splittern der Sünde, von all deinen Untugenden. Weißt du, wer das ist?

Das ist der, dessen Lust und Freude es ist, den Menschenkindern wohlzutun: das ist: *Jesus, der große Magnet!*

Leuchtturm oder Heulboje?

In der Ostsee ragt eine schmale, lange Halbinsel weit ins Meer hinaus. Man braucht drei Tage, wenn man diese schmale Landzunge durchwandern will. An einigen Stellen ist sie nur ein paar hundert Meter breit. Rechts und links die Wogen des Meeres, die mit Rauschen ans Ufer schlagen.

Nicht immer liegt das Meer so friedlich und so still da, wie ich es sah. Manchmal spült es über die schmale Landzunge dahin, wie im letztvergangenen Winter, wo an mehreren Stellen die Halbinsel vom Meer durchgerissen wurde. Aber das war doch nichts gegen jene Flut, die einst die Stadt vernichtete, die in früheren Zeiten hier auf der Halbinsel lag. Die Sage erzählt, daß es ein göttliches Strafgericht gewesen sei, das über die gottlose Stadt ergangen ist. Nun ist nicht mehr viel davon vorhanden, als die große, alte Kirche mit ihrem hohen Dach, und ein kleines Fischerdorf.

Einen schönen Überblick über das malerische Dorf mit seinem Fischereihafen, über die Landzunge mit ihren Kiefernwaldungen und ihren weißen Sandflächen hat man von dem hohen Leuchtturm, der nahe dem äußersten Ende des Eilands errichtet ist.

Bis oben hinauf stieg ich, wo die großen Lampen waren, die durch ein Uhrwerk in drehende Bewegung gesetzt werden, und dann ihr Licht weit hinaus über die See strahlen lassen und die Schiffer vor der Küste warnen.

Ein frischer Wind wehte. Man meinte, ein leises Schwanken des Turmes zu spüren, aber man täuschte sich, denn die Abweichungen des Lotes von der

Senkrechten waren ganz unerheblich, wie ein Apparat bewies, der oben angebracht war.

Wenn auch der Sturm den Leuchtturm umbraust, er steht fest und unerschütterlich und wirft in das Toben der Elemente sein weithin blinkendes Licht.

»Wie es scheint, wird es bald Sturm geben«, sagte mein Begleiter und wies auf den Semaphor hin, einen hohen Signalmast, nicht weit vom Leuchtturm entfernt. Daran war ein großer schwarzer Ball aufgezogen. »Der Sturmball ist hochgezogen.« »Jawohl, gestern ist eine Sturmwarnung eingetroffen. Der Sturm wird bald hier sein«, so ergänzte der Leuchtturmwächter.

Wir stiegen wieder hinab, Es war noch etwas Zeit, – da sollte ich noch eine Düne besuchen, von der man einen schönen Blick habe auf die See hinaus. Nach einer Wanderung durch die Anpflanzungen von jungen Kiefern, welche den Dünen mehr Halt geben sollten, kamen wir zum »Storchennest«, wie man den Dünenberg genannt hat, der auf seiner Spitze eine Bank trägt, die zum Rasten und Sinnen einlädt.

Von Zeit zu Zeit durchdrang ein klagender Ton die Luft. Es war ein klagend langgezogenes »Huh«. »Das ist die ›Heulboje‹«, wurde mir gesagt, »die Sie dort im Meer sehen.« Ich blickte dorthin und sah eine Boje auf den Wellen tanzen, auf und ab, auf und ab. Und bei ihren Bewegungen gab es immer diesen langgezogenen klagenden Ton. »Die Boje ist so eingerichtet«, erklärte man mir, »daß die Wellen, wenn sie stärker werden, diesen Ton hervorbringen. Ist die See ruhig, so liegt die Boje still und ruhig; wird aber das Meer bewegt, dann läßt sie alsbald diesen heulenden Ton vernehmen. Darum nennt man sie die Heulboje. Sie soll den Schiffern die Nähe der Küste anzeigen.« –

Ein hochgezogener Sturmball und eine klagende Heulboje – das waren keine guten Vordeutungen für die Heimfahrt. Das Wetter, das bis dahin klar und hell gewesen war, wurde binnen kürzester Zeit »unsichtig«, wie die Seeleute sagen. In kurzen, wilden Stößen fegte der Sturm über die See.

Als ich über die Mole zum Anlegeplatz des Dampfers ging, trieb der Wind manchmal ganze Spritzwellen über den Steg. Und dabei wehte es so stark, daß man gut tat, sich nahe am Geländer zu halten, um nicht in die See hineingeweht zu werden.

Das dritte Signal ertönte. Die Taue wurden losgemacht. Die Maschine fing an zu arbeiten. Aber – sofort packte der Sturm das Schiff und warf es auf die Seite. Die Frauen schrien auf. Allerlei Gepäckstükke, die man auf die Bänke gelegt hatte, fielen auf den Boden. Hier sprang jemand nach seinem Fotoapparat, der heruntergefallen war, dort klagte ein anderer um seinen Hut, den der Wind weit weg ins Meer geweht hatte. Und dann plötzlich ging eine Sturzwelle über Deck, daß alles aufschrie.

Man mußte sich festhalten, wenn man beim Schwanken des Schiffes nicht mitsamt seiner Bank umgeworfen werden wollte. Und Woge um Woge stürzte über das Deck. –

Ich hatte ein paar Schriften in der Tasche, die ich unterwegs lesen wollte. Aber ich merkte bald, daß es nicht möglich war zu lesen. Die See erforderte zu sehr unsere Aufmerksamkeit. Jede neue Welle, die über Deck ging, ließ ihr Wasser zurück, das bald hierhin, bald dorthin schoß, je nachdem das Schiff auf die eine oder andere Seite schwankte.

So war Zeit zum Denken. Ich dachte über den großen Gegensatz nach, den ich gesehen hatte: der *Leuchtturm* und die *Heulboje*. Wie fest und unerschütterlich steht der Leuchtturm da, ob auch der

Sturm ihn umbrüllt! Und ruhig und unbekümmert um den Aufruhr der Elemente wirft er sein Licht über die See. Was auch vorkommen mag, – er leuchtet. Er weiß, was davon abhängt. Er weiß, daß Menschenleben gerettet werden, wenn er leuchtet, daß Menschleben verlorengehen, wenn sein Licht erlischt. Und so leuchtet er Nacht um Nacht, bei stillem Wetter und im heulenden Sturm. Er leuchtet.

Wie anders die Heulboje! Steht der Leuchtturm fest und ohne Wanken, so schwankt und wankt sie auf und ab auf den Wellen. Wohl ist sie befestigt, wohl ist sie verankert in der Tiefe. Aber sie geht mit jeder Welle bergauf und bergab! Und wenn die Wogen stärker werden – gleich fängt sie an zu klagen. Über jede neue Woge klagt sie mit ihrem langgezogenen »Huh«. So viele Wogen sie auch schon erlebt hat, – sie begrüßt jede neue Welle mit ihrer Klage.

Gibt es nicht viele Menschen, die sich wie eine Heulboje verhalten? Auch viele Gotteskinder? Sie haben wohl den Grund gefunden, der ihren Anker ewig hält. Und doch schwanken sie auf und ab. Und jede neue Woge bringt sie zum Klagen. Wenn die Sonne scheint und die See ruhig ist, dann ist ihr Christentum ganz gut und schön. Aber wenn die Wogen wachsen und die Stürme wehen, dann fangen sie an zu jammern und zu klagen. Wer in ihre Nähe kommt, der hört sie. Sie müssen es jedem sagen, wie schwer sie es haben und was sie alles durchmachen müssen.

Es ist keine Empfehlung für die Sache Jesu, wenn wir es so machen wie die Heulboje. Sind wir immer am Klagen und Jammern, dann werden wir niemand überzeugen, daß wir uns geborgen wissen, verankert im Glauben an Gott, den Herrn, daß wir glückliche Leute sind.

Da lobe ich mir doch den Leuchtturm! Was auch

kommen mag, der Leuchtturm steht fest und unbeweglich. Er empfindet die Stürme auch, o ja, aber es sind doch nur Millimeter, die er abweicht. Die Stürme können ihm nichts anhaben. Und dabei *leuchtet* er! Ja, ob die Nacht noch so wild ist, er leuchtet.

Sieh, das ist das Bild eines Christen, dessen Herz fest geworden ist durch die Gnade. Was ihm auch begegnet – er heult und klagt nicht, – er leuchtet.

Wenn durch Christen, die den Heulbojen gleichen, die Sache Christi verlästert und verspottet wird, – durch Leuchtturmchristen werden Seelen gerettet und Menschen für das Reich Gottes gewonnen.

Während ich darüber nachdachte, ging ein tiefes Sehnen durch mein Herz, so ein Leuchtturm zu werden, der sich durch nichts und durch niemand davon abbringen läßt, zu leuchten.

Ich möchte keine Heulboje sein, die Gottes Ehre schadet. Ich möchte Licht verbreiten und Leben retten.

Darf ich dich fragen: Willst du nicht auch den Herrn Christus bitten, daß er dir Gnade geben möchte, zu leuchten, immer nur zu leuchten, auch in Sturm und Wetter?

Aber vielleicht werden diese Zeilen auch von jemand gelesen, der in der Heulboje sein Bild erkennt. Nicht wahr, das willst du in Zukunft nicht mehr sein?

Die Türme des Hafens kamen in Sicht. Da hatten wir Schutz vor dem Wind, da ging das Schiff ruhiger. Wir fuhren an der Werft vorbei – dann legte der Dampfer an. Wir waren am Ziel.

Wie wird es sein, wenn wir auf unserer Lebensreise auch einmal ans Ziel kommen? Wenn wir nach all den Lebensstürmen im Hafen anlegen? Wie verschieden wird unser Eingang sein, wie Petrus schreibt. Entweder wir haben einen sicheren Eingang, oder wir werden wie durchs Feuer, mit knapper Not gerettet. Wann haben wir einen sicheren Eingang? Wenn wir dem Leuchtturm geglichen haben, der Licht verbreitet und Leben gerettet hat. Und wann werden wir mit Mühe und Not das Ziel erreichen? Wenn die Heulboje das Bild unseres Christentums war.

Darum frage ich dich jetzt: Was bist du und was willst du sein – *Leuchtturm oder Heulboje?*

Gott weiß alles

Vor einigen Jahren kam ich auf einer meiner vielen Reisen in ein kleines Dorf, um hier in der kleinen, aus Lehm gebauten Kapelle an zwei Abenden zu predigen.

In der Nähe des Ortes wohnte eine liebe, fromme Frau, die aber einen harten, unfreundlichen Mann hatte. Am letzten Tag meines Dortseins faßte sie sich ein Herz und fragte ihren Mann, ob sie nicht an dem Abend zum Gottesdienst dürfte.

Er sagte: »Meinetwegen.«

Das war nicht viel, aber es war doch immerhin eine Erlaubnis. So machte sie sich fertig und ging.

Kaum war sie dort, da lud der Mann vor den Augen der Kinder seinen Revolver. Dabei sagte er: »Die Lauferei der Mutter habe ich nun endlich satt. Ich werde jetzt sehen, was sie da in der Kapelle treiben. Und wenn ich sehe, daß die Mutter schlechte Wege geht, dann schieße ich sie heute abend über den Haufen. Und wenn ich etwa sehe, daß die Mutter recht hat und ich unrecht habe, dann jage ich mir eine Kugel in den Kopf. So oder so, einer von uns beiden kommt heute nicht lebendig nach Hause!«

Damit ging er.

Wie grausam für die armen Kinder! Aber sie hatten eins in der Schule der Mutter gelernt, nämlich: beten. Und so beteten und weinten sie, Gott möge das nicht zulassen, daß der Vater seinen schrecklichen Plan ausführte. – An jenem Abend war außer mir noch ein junger Prediger da. Der sollte auch eine Ansprache halten. Ich hatte zu ihm gesagt, er möchte bestimmen, über welchen Text wir reden wollten; er sollte anfangen, ich wollte dann den Schluß machen. Er wählte die Geschichte von dem Mann, der kein hochzeitliches Kleid auch anhatte.

Ein König hatte ein großes Festessen bereitet. Aber die geladenen Gäste sagten alle ab. Da schickte er an die Hecken und Zäune und ließ von der Landstraße holen, wer da war. Das war eine sehr gemischte Gesellschaft. So wie sie waren, paßten die Leute nicht in den Festsaal des Königs hinein. Darum wurde jedem im Vorsaal ein Feierkleid angeboten. Sie nahmen es auch alle dankbar an. Nur einer war unter den Erschienenen, der lehnte das festliche Gewand ab. Der meinte, er sei ja auch so ganz gut angezogen. Wenn der König etwas sagen werde, könnte er ihm schon die rechte Antwort geben. So drängte er sich in den Festsaal hinein.

Da kam der König, um die Gäste zu besehen. Sofort fiel ihm der eine auf, der kein Feierkleid anhatte. Er winkte ihn zu sich heran und fragte ihn: »Mein Freund, wie bist du hereingekommen und hast doch kein hochzeitlich Kleid an?« Er aber verstummte. Er wußte nichts zu antworten. So wirkte die Nähe des Königs auf ihn.

Darauf gebot der König, ihn zu binden und in die Finsternis hinauszuwerfen. Dies geschah dann auch.

Das war die Geschichte, über die wir beide sprachen, erst der junge Prediger und dann ich. Natürlich ertönte auch immer die Frage in die Versammlung hinein, die im Mittelpunkt der Geschichte steht: »Mein Freund, wie bist du hereingekommen?«

Dort hinten an der Tür saß der Mann mit dem Revolver in der Tasche und mit den Mordplänen im Herzen. Wie der einmal über das andere diese Frage hörte: »Mein Freund, wie bist zu hereingekommen?« da erschrak er und fing an zu zittern.

Er sagte sich: Das können die beiden Männer da auf der Kanzel unmöglich wissen, wie ich hier hereingekommen bin. Und doch reden sie immer davon. Da fühlte er, daß Gottes Auge auf ihm ruhte, daß Gottes Auge den Revolver in der Tasche und die Mordpläne in seinem Herzen entdeckt habe. Der kalte Schweiß brach ihm aus.

Als die Versammlung zu Ende war, wunderte sich die Frau nicht wenig, daß ihr Mann draußen stand und auf sie wartete. Sie wagte aber nicht, ihn zu fragen, ob er in der Kirche gewesen sei. Sie dachte, er sei vielleicht nur gekommen, um sie abzuholen.

Und er war so ergriffen und erschüttert von der Gegenwart Gottes, in der er geweilt hatte, daß er auch nicht sprechen konnte. So gingen die beiden schweigend zusammen durch die Nacht nach Hause.

In der Nähe ihres Hauses kamen sie über einen kleinen Bach. Auf dem Steg, der über den Bach führte, sagte er plötzlich »halt!« Dann zog er seinen Revolver heraus und sagte: »Frau, der ist geladen! Ich habe ihn heute abend eingesteckt in dem Gedanken, einen von uns zu erschießen. Ich bin dir in die Kapelle nachgefolgt, um zu sehen, was ihr da macht. Und da ist mir klar geworden: Es gibt einen Gott, einen heiligen Gott. Er wußte, mit was für Gedanken ich dasaß. Mein Leben muß ein anderes werden, ein ganz anderes. Frau, kannst du mir vergeben und willst du mir helfen, daß ich ein anderer Mensch werden?«

Da fiel sie ihm weinend vor Rührung und Freude um den Hals und sagte: »Ja, lieber Mann, von ganzem Herzen!«

Da nahm er seinen Revolver und warf ihn in den Bach, daß das Wasser hoch aufspritzte. Und dann gingen die beiden zusammen Hand in Hand nach Hause.

Das war ein Jubel, als die Kinder sahen, daß ihr Gebet erhört war. Und nicht nur, daß Vater und

Mutter nach Hause kamen, sie kamen so, wie die Kinder sie lange nicht gesehen hatten, Hand in Hand, mit einem glücklichen Lächeln auf dem Gesicht der Mutter.

Von Stund' an gab es ein neues Leben im Herzen und im Hause. Und es war höchste Zeit gewesen. Nicht lange danach legte sich der Mann, wurde krank und starb. –

Muß ich viel hinzufügen? Ich denke nicht. Der Herr Jesus Christus, der dort in jenem Dorf dem Manne ins Herz sah, der kennt auch dein Leben.

Hast du Ursache, das heilige Auge Gottes zu scheuen? Weil er etwas bei dir sieht, was du am liebsten verbergen und verstecken möchtest?

Dann bitte ich dich, komm mit deiner Vergangenheit ins Licht. Sag ihm alles mit einem offenen und ehrlichen Bekenntnis, und wenn es nötig ist, sag es auch den Menschen, an denen du gesündigt hast, und es gibt auch bei dir ein neues Leben.

Laß es dir gesagt sein in großem Ernst und mit großer Liebe:

Gott weiß alles.

Fröhlicher Dienst

Weiß du, wer den fröhlichen Dienst tat, von dem ich berichten möchte? Du rätst es nicht. Darum will ich es gleich sagen: *ein Hund.* Er tat ihn so treu und so fröhlich, daß mir die Augen naß wurden, als ich ihm zusah. Ich muß bekennen, daß mich dieser treue und fröhliche Dienst tief beschämt hat. Vielleicht wird er dich auch beschämen. Laß mich es dir erzählen!

Es war in Rudolstadt, wo ich einiges zu besorgen hatte. Als ich über die Straße ging, begegnete ich einem Herrn, der eine schwarze Brille trug. An seiner linken Seite ging ein Hund, den er an einer kurzen Leine hatte, die nicht etwa um den Hals des Hundes, sondern um seinen Leib befestigt war. Ich merkte bald: Der Herr war blind und der Hund war sein Führer, der ihn sicher durch die belebten Straßen leitete.

Ich machte kehrt, um dem Paar zu folgen. Plötzlich sah ich, wie der Hund sich zusammenkauerte und sich ganz klein machte. Dabei sah er seinen Herrn an, als ob er ihm sagen wollte: Paß auf! Worauf sollte der Herr denn aufpassen? Es kam eine Bordschwelle. Es war eine Querstraße zu überschreiten. Da wollte der Hund seinen Herrn darauf aufmerksam machen: Achtung, Stufe! Der Herr machte einen ganz ruhigen, festen Schritt von dem Bürgersteig hinunter auf die Straße. Dann war die Straße überquert. Wieder kauerte sich der Hund, zog einen Augenblick seinen Herrn durch die kurze Leine etwas nieder. Wieder sah er ihn dabei an. Und der Herr machte einen ruhigen, festen Schritt den Bürgersteig hinauf. Eine Weile ging es nun geradeaus, ohne daß ein Hindernis in der Wanderung gekommen wäre. Da mußte der Hund einmal seinem Herzen Luft machen. Er sprang an seinem Herrn empor und leckte ihm die Hand.

Da sind mir die Tränen gekommen. Was für ein Dienst, den der Hund zu tun hatte! Da kamen andere Hunde des Weges, die sich frei umhertummelten. Er nahm keine Notiz davon. Er hatte einen Dienst zu tun, der ihn ganz in Anspruch nahm. Darin ließ er sich durch nichts und durch niemand stören. Ich legte mir die Frage vor, ob wohl ein Mensch, der den Blinden geführt hätte, es so sicher und zuverlässig getan hätte wie der Hund? Ob nicht der Mensch da und dort in ein Schaufenster geschaut oder auf Vorübergehende geblickt und darüber vergessen hätte, dem Blinden die Stufe anzuzeigen? Ob nicht manchmal der Blinde gestolpert wäre, wenn ein Mensch ihn geführt hätte. Und ob ein Mensch den Dienst nicht für sehr anstrengend gehalten hätte? Sicherlich. Aber der Hund hatte Freude an seinem Dienst, so sehr auch seine persönliche Freiheit durch denselben beschränkt wurde. Das bewies mir sein fröhliches Aufspringen und Handlecken, als er dazu Zeit hatte.

Und, wie oft klagen die Menschen, auch gläubige Menschen, wie schwer der Dienst ist, den sie zu tun haben, daß sie so wenig Freiheit haben, daß sie so gebunden sind, und wie die Klagen alle lauten mögen! Und doch, wie groß ist die Freiheit gegen dieses Gebundensein des Hundes! Keinen Schritt im eigenen Interesse! Um nichts kümmerte er sich, keinen andern Gedanken hatte er als nur den, seinen Herrn sicher durch die Straßen zu führen.

Da habe ich mir gedacht, wenn wir doch so treu und so fröhlich Gott, dem Herrn, dienten wie dieser Hund seinem Herrn! Wenn wir doch so auch gar keinen andern Gedanken hätten, wenn wir so nur immer unserem Herrn nach den Augen schauten wie dieser Hund! Und – wenn wir es doch immer so fröhlich täten! Geschah unser Dienst nicht oft mit Seufzen, daß es uns zu viel war, daß es uns zu schwer war, was man von uns verlangte? Ich muß gestehen, daß ich schon manchmal geseufzt habe, wenn ich irgendeine nötige Arbeit vorhatte, und nun kamen so viel Briefe, daß ich dachte: Wie soll ich denn nur durchkommen? Ich habe es dann jedoch abgebeten. Ich habe mir gesagt: Es steht geschrieben: Dienet dem Herrn mit Freuden!

Darum beschämte mich der Hund so sehr mit seinem fröhlichen Dienst.

Und du? Mußt du dich nicht am Ende auch schämen? Was bist du? Pastor? Hast du dich noch nicht beklagt, daß du zu viel Arbeit hättest, so viel Schreiberei und Lauferei um dies und das? Gehört es nicht auch zum Dienst für den Herrn? Und du, Krankenschwester, hast du noch nicht geseufzt, daß du so in Anspruch genommen wurdest? Daß dir kaum Zeit für dich selbst blieb? Oder vielleicht erschien dir die Art deines Dienstes zu gering. Du hattest etwas ganz anderes erwartet, als du Schwester wurdest, nicht wahr? Und du, wer bist du? Eine Hausfrau mit vielen Kindern. Hast du noch nie geseufzt? Ach schon oft! Eben war große Wäsche gewesen und alles war wieder rein und sauber, und da muß das Unglück passieren, daß jemand den Kakao über das Tischtuch gießt! Und da kommt dein Junge nach Hause und hat sich ein großes Loch in den Pullover gerissen. Hast du da noch nicht geseufzt? Und es ist doch der Dienst, in den der Herr dich gestellt hat! Da solltest du ihn treu und fröhlich tun. Wie der Blindenhund! Nicht wahr, von dem Hund kann man etwas lernen?

Ich kann gar nicht alle Berufe und Stände und Arbeiten durchgehen und aufzählen; aber ich fürchte, daß wir alle es nötig haben, etwas von dem Hund zu lernen. Wie oft haben wir uns ablenken lassen! Wie oft war unser Auge nicht auf Jesus, unsern Herrn, gerichtet! Wie oft taten wir unsern Dienst nur ungern und widerwillig! War es nicht so?

Nun, dann wollen wir uns schämen vor dieser »unvernünftigen Kreatur«, wie man zu sagen pflegt. Man kann von diesem Blindenhund wirklich etwas lernen für seinen Beruf und auch für alle Aufgaben am Nächsten:

fröhlichen Dienst.